Edgar Wallace

Nacherzählt von Alex Barclay

Das Silberne Dreieck

Band 9: Das Geheimnis der Amelia Jones

Edgar Wallace
Nacherzählt
von Alex Barclay

Das Silberne Dreieck
und
Das Geheimnis der Amelia Jones

C. Bertelsmann Jugendbuch

Einbandgestaltung: Klaus Renner unter Verwendung
einer Illustration von Charlotte Panowsky
Gesamtherstellung Mohndruck Graphische Betriebe GmbH, Gütersloh
ISBN 3-570-08359-4 · Printed in Germany

1. Kapitel
Keine Angst vor Bash Jones

Obwohl er keine Zelle für sich allein hatte, störte ihn niemand in seiner Zurückgezogenheit. Die anderen wußten, wer er war und was er getan hatte, und es gab keinen unter ihnen, der so verwegen gewesen wäre, auch nur seine Aufmerksamkeit auf sich zu lenken. Einige fürchteten ihn. Andere zollten ihm den Respekt, den er ihnen allein durch seine verschlossene Art abverlangte. Er redete selten mit ihnen. Meistens schien er sie nicht einmal zu beachten. Und doch wußten sie, daß seiner wachen Aufmerksamkeit nicht eine Kleinigkeit entging, die für ihn von Bedeutung hätte sein können.

Dann kam ein Neuer, und der geriet in Versuchung. Er war einer von jenen, die von Bash Jones zwar gehört hatten, den Geschichten über ihn aber keinen Glauben schenkten.

Curry hieß der Neue. James Curry. Er hatte kleine, listige Augen. Es war nichts Harmloses an ihm, und vom ersten Moment an war den anderen klar, daß er es auf Bash Jones abgesehen hatte.

Und alle warteten darauf, daß etwas passieren würde. Alle spürten die Gefahr. Es schien, als ziehe am blauen Himmel ein Gewitter auf, schwarze drohende Wolken, die jeder wahrnehmen konnte, nur der Neue nicht.

Draußen, auf dem Gang zwischen den Stahltüren, standen die Wärter. Es waren mehr als sonst. Sie taten, als wären sie nur zufällig da. Sie drehten der Zelle mit der Nummer 3 meistens den Rücken zu, unterhielten sich leise, schauten sich verstohlen um, wenn sie glaubten, selbst durch die Gucklöcher nicht beobachtet zu werden.

Der Neue lachte.

»Man könnte meinen, die hätten alle nichts anderes zu tun, als Bash Jones im Auge zu behalten«, sagte er einmal, nachdem sie alle vom Waschraum zurückgekehrt waren.

Kaum waren die Worte gefallen, herrschte Totenstille. Alle blickten Bash Jones an, der auf seiner Pritsche saß, mit nackten weißen Füßen, das schüttere Kraushaar naß auf seinem kantigen Schädel. Er blickte nicht einmal auf. So als hätte er die Worte nicht gehört, zog er seine Wollstrümpfe an. Was ging in ihm vor? Niemand wußte es. Niemand wollte es genau wissen. Er hatte ein Feuer in sich, das jederzeit ausbrechen konnte, sagte man. Kein Mensch wußte, wessen es bedurfte, Bash Jones in eine Bestie zu verwandeln.

Jähzorn, so hieß es. Unberechenbar. Eine schreckliche Verwandlung, die so plötzlich geschah, daß niemand sie aufhalten konnte.

Am nächsten Tag warnte einer von denen, die Bash Jones länger kannten, den Neuen. »Paß auf, Curry«, sagte er, als sie sich auf den Marsch zur Redstone Bridge machten, wo sie seit Wochen damit beschäftigt waren, die Straßentrasse neu aufzuschütten und zu stabilisieren.

James Curry lachte. Er ging zwar hinten in der Zweierkolonne, aber man konnte es auch vorn hören, dort, wo Bash Jones ging, die Schaufel wie ein Spielzeug über seinen mächtigen Schultern. »Worauf soll ich aufpassen?« fragte Curry seinen Nebenmann, mit dem er im Gleichschritt ging.

»Bash Jones bricht dir das Kreuz, wenn du nicht aufhörst, Stunk zu machen.«

»Das sagst du, weil ihr euch alle fürchtet. Sogar vor seinem Schatten fürchtet ihr euch. Der Mann ist nichts Besonderes, sage ich. Der Mann hat nichts als einen üblen Ruf.«

Es nützte nichts, ihn zu warnen. Der Neue wollte nicht länger am Ende der Kolonne stehen, wenn das Essen ausgegeben wurde. Und er dachte, daß der Platz von Bash Jones ein angemessener Platz für ihn sei. Närrische Gedanken waren das.

Bash Jones hatte noch vier Jahre abzusitzen. Aber man rechnete damit, daß er nicht mehr lange hierbleiben würde, in diesem leicht bewachten Gefängnis, das schon fast ein Arbeitslager war.

Beim Mittagessen stand James Curry am Ende der Reihe. Bash Jones befand sich nicht viel weiter vorn, obwohl er als erster hätte zur Gulaschkanone gehen können. Er selbst machte sich nie etwas daraus, wo er stand. Man ließ ihm nur gern den Vortritt, auch wenn er ihn nicht einmal unbedingt haben wollte.

»He, Jones, warum stehst du nicht am Anfang der Kolonne, wo dir doch alles so ehrerbietig Platz macht?« Currys Stimme klang etwas schrill.

Einer der Wächter legte die Hand an seinen langen Holzknüppel. Die anderen Gefangenen taten, als wäre alles wie immer. Der Reihe nach nahmen sie einen Blechnapf zur Hand und ließen ihn sich von Chunky Woodward mit einer großen Schöpfkelle füllen. Was ihnen Chunky servierte, sah aus wie Milchbrei mit Brocken von Brot, Fleisch und Gemüse, roch nach gar nichts und schmeckte nach Soda. Wer neu im Gefängnis war, kriegte davon erst einmal furchtbaren Durchfall. Später gewöhnte man sich daran. Später gewöhnte man sich an alles, an die kleinen vergitterten Fenster, durch die nie ein Sonnenstrahl drang, an die feuchten grauen Wände mit den dunklen Stockflekken, an den Modergeruch, der nie aus dem Gefängnis wich, an den naßkalten Nebel, der vom Fluß heraufkam und alles in sich erstickte, jeden Laut, jede Bewegung, sogar jeden Atemzug.

»Du redest nie, was?« fragte Curry. »Du bist der schweigsame Wolf hier in dieser noblen Herberge. Willst du nicht, daß man dich an Dinge erinnert, die draußen sind, oder möchtest du nur, daß man dich in Ruhe läßt?«

Jetzt blieb Bash Jones stehen. Und es schien für einen Moment, als erstarre die Welt. Langsam drehte er sich in der Reihe um. Er hatte noch keinen Napf, und so konnte jeder sehen, wie sich seine mächtigen Hände zu Fäusten ballten, bis die Knöchel weiß durch die Haut traten. Er faßte den Neuen ins Auge, und Curry schien sich etwas zu ducken.

»Es gibt ein Gesetz hier«, hörten sie alle Bash Jones sagen, und sie wunderten sich über die Ruhe in seiner Stimme. »Vielleicht weißt du nichts von diesem Gesetz, weil du neu bist.«

Curry beleckte seine langen, schmalen Zähne, von denen ihm zwei oder drei fehlten. Seine listigen Äuglein funkelten. »Und wie lautet dieses ominöse Gesetz?« fragte er spöttisch.

Jemand in der Reihe kicherte. Dieser Laut durchdrang die Stille messerscharf.

Bash Jones rührte sich nicht. Ohne den Neuen aus den Augen zu lassen, sagte er so leise, daß Chunky Woodward bei der Gulaschkanone die Ohren spitzen mußte, um etwas zu verstehen: »Steck dir nur soviel zwischen die Zähne, wie du verdauen kannst.«

Noch nie zuvor hatten die anderen von einem »Gesetz« gehört. Es gab kein Gesetz hier in diesem Gefängnis. Es gab nur Regeln, die befolgt werden mußten, wenn man seine Strafzeit ohne Schwierigkeiten abbüßen wollte. Nein, die Gesetze waren draußen und nicht zwischen diesen alten Mauern oder bei der Redstone-Bridge, wo sie alle mit Pickel und Schaufel knochenharte Arbeit verrichteten.

Vielleicht wünschten ein paar, daß Curry den Mund gehalten hätte. Andere hofften, daß die Wärter nicht zu früh eingreifen würden, falls Bash Jones seinen Zorn nicht mehr beherrschen konnte.

Es dauerte lange, bis Curry bereit war, auf die Warnung des großen Mannes zu antworten. »Du meinst, daß man von dem Zeug krank wird, wenn man zuviel davon ißt?« sagte er und deutete mit dem Daumen zu einem Mitgefangenen hinüber, der bereits bei der alten Holzbrücke saß und darauf wartete, daß sich der Brei in seinem Napf abkühlte. Besteck wurde nämlich aus Vorsicht keines mehr ausgegeben, seit einer seinem Zellennachbarn mit der Gabel ein Auge ausgestochen hatte.

Jones nickte. »Du weißt genau, was ich meine«, sagte er. Dann drehte er sich um, und Curry lachte leise, sagte jedoch kein Wort mehr.

Die anderen konnten es kaum fassen, daß Bash Jones den Neuen gewarnt hatte. Niemand hätte das von ihm erwartet. Vielleicht wurde er tatsächlich alt und müde. Vielleicht hatte ihn das Leben hier gebrochen. Zweifel kamen auf; Zweifel an Bash Jones. Aber sie hielten nicht lange. Am Abend, als ein Wärter kam und Bash Jones aufforderte, ihm in das Office des Gefängnisdirektors zu folgen, nahm Joe Boyle, der älteste in Zelle 3, die Gelegenheit wahr, eine kurze Rede zu halten. Joe Boyle war früher Prediger. Dann hatte er bei einer Teufelsaustreibung einen alten Mann umgebracht. Das war lange her. Fast so lange, daß sich Joe Boyle nicht mehr an die Einzelheiten der Tat erinnern konnte, auch wenn er sich anstrengte.

»Weil sich Bash Jones dafür entschieden hat, einen naiven Jüngling in unserer Mitte zu warnen, heißt das noch lange nicht, daß er schwach geworden ist«, führte Joe Boyle aus. Er hatte blasse, rotgeränderte Augen unter drahtigen dunklen Brauen. Jetzt blickte er James Curry an, der auf seiner Pritsche lag und die Hände hinter dem Kopf verschränkt hatte, ein Grinsen in seinem Frettchengesicht, an dem niemand hätte Gefallen finden können. »Curry, wir alle haben uns daran gewöhnt, mit Bash Jones zusammenzusein. Wir gehen ihm aus dem Weg. Das ist das beste, was man tun kann. Wenn du in seine Augen siehst, kannst du den Funken sehen, der darin brennt. Das ist nichts anderes als der Widerschein des Höllenfeuers, das in seiner Seele brennt. Er ist ein unberechenbarer und bösartiger Mensch. Und wenn du ihm lästig wirst, bringt er dich um. So ist das, Curry, und jeder, den du fragst, wird dir genau das gleiche sagen.«

»Nur nicht in solch geschwollenen Worten«, sagte einer der anderen. »Ob es das Höllenfeuer ist, das in ihm brennt, oder ob er überhaupt keine Seele hat, das weiß kein Mensch. Möglich, daß er eine Seele hat, denn immerhin hat er dich heute gewarnt, nicht wahr.«

»Ihr erinnert mich an ein Rudel wilde Hunde«, entgegnete James Curry. »Zu lange seid ihr mit Bash Jones zusammen, als daß ihr ihn noch genau erkennen könntet. Er ist nicht der, für den ihr ihn haltet.«

»Und du? Du kennst ihn überhaupt nicht«, maulte einer, der im hintersten Winkel der Zelle seine Pritsche hatte.

»Ich habe von ihm gehört. Außerdem habe ich ihn herausgefordert. Hat er meine Herausforderung angenommen? Nein. Statt dessen hat er einen blöden Spruch getan. Nichts sonst. Und nun frage ich euch, ob ich einen solchen Mann zu fürchten habe.«

Bevor einer der anderen ihm hätte eine Antwort geben können, sprang James Curry vom Bett. Dies geschah so schnell, daß niemand richtig sah, wie er aus seiner liegenden Stellung emporschnellte und auf beiden Füßen landete. Er stand geduckt da, ein wölfisches Grinsen in seinem Gesicht und ein kleines Springmesser in der Hand, dessen spitze Klinge blitzblank funkelte.

Sie starrten ihn alle ungläubig an. Wie konnte es möglich sein, daß er dieses Messer hatte? Alle Neuen wurden bis auf die Haut durchsucht, bevor man sie zu den anderen Gefangenen ließ.

»Wo hast du *das* her?« fragte Joe Boyle stockend. Selbst ihm verschlug es die Sprache.

James Curry richtete sich etwas auf. Die Spannung fiel von ihm, er hielt das kleine Springmesser jetzt locker in der Hand. »Mach dir keine Gedanken, Prediger«, sagte er beinahe fröhlich. »Ich besitze ein Messer, und damit hat es sich.«

»Und deshalb glaubst du, du brauchst vor Bash Jones keine Angst zu haben? Nur wegen dieses kleinen Messers?«

»So eines käme Bash Jones sicherlich gelegen«, sagte der Mann höhnisch, der ganz hinten seine Pritsche hatte. »Das könnte er als Zahnstocher benutzen, Curry.«

James Curry ließ sich jedoch nicht durcheinanderbringen. Das Lächeln wich aus seinem Gesicht. Er hob seine dünnen Brauen. »Welches Messer denn?« fragte er harmlos, und erst jetzt sahen sie, daß er es nicht mehr in der Hand hatte. Sie staunten. Dieser junge Mann war ein Zauberer. Ein Magier, vor dem man sich in acht nehmen mußte.

Niemand redete mehr ein Wort mit ihm an diesem Abend. Alle warteten auf die Rückkehr von Bash Jones. Es kam nicht selten vor, daß Bash Jones am Abend aus der Zelle geholt wurde, und wenn er dann spät in der Nacht zurückkehrte, hing der Geruch teurer Zigarren in seiner Gefängniskleidung.

In dieser Nacht waren sie alle noch wach, als sich die Stahltür öffnete und Bash Jones hereingelassen wurde. Nur James Curry tat, als schliefe er. Er hatte seine Pritsche in der Mitte der linken Reihe, zwischen Joe Boyle und einem Mann, der Polk hieß. Als Bash Jones zwischen den Pritschenreihen herunterkam, streckte James Curry jäh seinen Fuß unter der Wolldecke hervor, so daß Bash Jones mit dem Bein dagegenstieß.

Und Bash Jones blieb stehen. Das Licht der nackten Glühbirne, die hoch an der Decke hing, beleuchtete das grobgehauene Gesicht. Sekunden verstrichen, ohne daß sich Bash Jones rührte. Alle beobachteten ihn unter ihren halbgeschlossenen Lidern hervor. Alle hielten gebannt den Atem an.

Und Joe Boyle sagte ganz leise und andächtig: »Herrgott, steh diesem Narren bei!«

Da lachte Curry, und ganz langsam zog er den Fuß unter die Decke zurück. »Du jagst mir keine Angst ein, Jones«, sagte er.

Jones schwieg. Obwohl sein Weg jetzt frei war, ging er nicht weiter.

»Sag mal, wie machst du dich bei den Wärtern da draußen lieb Kind, daß sie dich am Abend rauslassen?«

Über den Kinnladen von Bash Jones spannte sich die Haut. Sonst bewegte sich nichts in seinem Gesicht.

»Der Prediger meint, daß du eine Seele hast, Jones«, hörten sie alle James Curry sagen. »Wer geschworen hat, seine Ehefrau umzubringen, der kann keine Seele haben, sag ich!«

Immer noch schwieg Bash Jones. Und immer noch stand er still am gleichen Fleck, ohne sich zu rühren.

»Stimmt es, daß dein Weib das Geld verpulvert hat und nichts für dich übrig ist, wenn du rauskommst, Jones? Da siehst du, wie sehr sich dein Weib vor dir fürchtet. Sie lacht über dich und deine Drohung. Ich habe es mit eigenen Augen gesehen, wie sie sich lustig macht über dich, wie sie dich verhöhnt vor all den Zechern und dem Gesindel, das in der Spelunke verkehrt, wo sie arbeitet.«

»Du solltest nicht über Dinge reden, von denen du keine Ahnung hast«, sagte Bash Jones. »Außerdem sind es Dinge, die dich nichts angehen.«

»Wenn du dein Weib umbringst, hängen sie dich auf«, sagte James Curry spöttisch. »Aber ich glaube nicht, daß du dazu den Mut hast. Dein Mut hat gerade ausgereicht, diesen reichen Buchmacher in Blackheath umzubringen, während er schlief.«

»Was weißt du davon?« fragte Bash Jones.

»Was dein Weib rumerzählt. Und was in den Zeitungen stand.«

Fast alle sahen, wie Bash Jones lächelte. Das hatten sie noch nie gesehen, dieses Gesicht, aus dem plötzlich für einen Augenblick alle düsteren Schatten verflogen waren. »Schlaf gut«, hörten sie ihn ruhig sagen. Und dann ging er endlich weiter, setzte sich auf den Rand seiner Pritsche und zog die Schuhe und die Wollstrümpfe aus, wie er es jeden Abend tat.

»Denk nur daran, daß du mir keine Angst einjagen kannst, Jones!« rief James Curry noch einmal.

Bash Jones gab ihm keine Antwort. Er zog sein graues Hemd aus, hängte es neben dem Bett an die Wand, schlüpfte unter die Decke und drehte sich auf die Seite.

An der Stahltür, die hinaus auf den Zellentrakt führte, wurde das kleine Guckloch zugeschlagen. Schritte entfernten sich. Dann hörte man gedämpfte Stimmen. Das Licht an der Decke ging nie aus. Wer es dunkel haben wollte, mußte die Decke über die Augen hochziehen.

Joe Boyle blieb in dieser Nacht wach. Er brauchte sowie am wenigsten Schlaf von ihnen allen. Er wachte und wartete. Aber es passierte nichts. Am Morgen sah James Curry nicht besonders gut aus.

»Schlecht geschlafen?« sagte einer der Wärter zu ihm. »Du kannst mit wenig Essen lange durchhalten, Curry, aber den Schlaf brauchst du, wenn du gesund bleiben willst. Den Schlaf brauchst du mehr als alles andere.«

»Ich habe gut genug geschlafen«, entgegnete James Curry, aber alle wußten, daß er log.

Raymond Poiccart und George Manfred erhielten einen Brief, dessen Umschlag eine spanische Marke trug. Obwohl kein Absender draufstand, wußten sie sofort, daß ihn nur ihr Partner Leon Gonsalez geschrieben haben konnte.

Der Brief, so glaubten sie, würde diesen Morgen besonders vergnüglich machen, zumal Poiccart ofenfrische Brötchen auf den Frühstückstisch stellte und die Sonne über die Dachziegel des Tripplestick-Hauses hinweg direkt in das kleine gediegene Eßzimmer schien.

»Schöner kann es Leon auch nicht haben«, sagte Poiccart, arrangierte ein paar dunkelrote Astern in der chinesischen Vase und setzte sich Manfred gegenüber an den Tisch.

»Er hat den Brief in einer Orangenlaube geschrieben, schreibt er.« Manfred wollte den Brief an Poiccart weitergeben. Dieser lehnte jedoch mit dem Hinweis ab, daß er die Brötchen nicht gern älter werden lassen wollte. »Sie sind gerade warm genug, daß die Butter auf ihnen sachte schmilzt, mein Freund.«

Es war fast ein Genuß zuzusehen, mit welcher Wonne und Hingabe Poiccart frühstückte. »Was schreibt er denn sonst noch?« fragte er, während er sorgfältig Kaffee in seine Tasse goß. »Wollte er nicht schon übermorgen nach Hause kommen?«

»Anscheinend gefällt es ihm zu gut. Er schreibt, daß er gerade in Stimmung ist, alles zu berichten, was ihm in den Sinn kommt. Vor ihm auf dem Tisch stände ein Sherry, und über ein Mäuerchen hinweg hätte er einen freien Blick auf den majestätischen Guadalquivir, dessen gelbe Fluten über die Ufer getreten seien.«

»Und sonst?«

»Hm. Auf den Zwiebelfeldern seines Freundes ist eine Krankheit ausgebrochen.«

Poiccart blickte auf und mußte lachen, als er Manfreds ernstes Gesicht sah. »Sieh mal einer an, unser Freund kümmert sich um Zwiebeln«, sagte er und nahm mit dem Messer eine Scheibe Butter von dem silbernen Tablett.

»Warum nicht?« sagte Manfred. »Hast du eigentlich jemals *Die drei Musketiere* gelesen?«

»Natürlich«, erwiderte Poiccart und tat behutsam die Butter und einen Klecks Quittenmarmelade auf sein Brötchen.

»In welcher Ausgabe?«

Jetzt runzelte Poiccart die Stirn und blickte auf. »In dem Buch *Die drei Musketiere*«, antwortete er erstaunt. »Was ist los mit dir, George? Was hat Leon mit den drei Musketieren zu tun?«

Manfred lächelte hintergründig. »Wenn du den wirklichen Charakter der drei Musketiere kennenlernen willst, dann mußt du das Buch *Nach zwanzig Jahren* lesen. Da ist einer von ihnen behäbig und dick geworden und legt viel Wert auf seine Kleidung, ein anderer ist ein Hofmann beim König von Frankreich, und der dritte kümmert sich auf seine alten Tage um die Liebesnöte seiner Tochter. Sie sind dann ebenso menschlich bequem geworden, mein Lieber, wie das Leon zur Zeit ist. Soll ich dir zum besseren Verständnis aus seinem Brief vorlesen?«

»Bitte«, sagte Poiccart, der sich dafür entschieden hatte, genüßlich mit dem Frühstück fortzufahren.

Manfred nahm den Brief vom Tisch und begann vorzulesen: »Wir haben hier wunderbare Rosenbeete. Poiccart würde seine Freude an dieser Pracht haben . . . Übrigens, kleine Ferkel gedeihen hier prächtig. Eines davon ist besonders intelligent und nachdenklich. Ich habe es George getauft.«

Manfred schmunzelte vergnügt.

»Wir werden ein gutes Weinjahr bekommen, wie man hier allgemein sagt. Die Orangenernte wird jedoch nicht besonders gut ausfallen. Wißt ihr im übrigen, daß man wieder einmal das Monster von Loch Ness entdeckt haben will? Sogar hier in Spanien sind die Zeitungen sich nicht zu schade, darüber zu berichten. Sonst geschieht hier eigentlich nichts von weltbewegender Bedeutung. Das Land ist paradiesisch schön, und Manfred hätte seine helle Freude an den hübschen Geschöpfen, die sogar mir ab und zu einen feurigen Blick zuwerfen. Wie sieht es denn in London aus? Neblig? Oh, ich kann es mir denken. Ich hoffe nur, daß wir inzwischen einen lohnenden Fall bekommen haben, da ich hier über unsere Verhältnisse lebe . . .«

Manfred las weiter vor, von den kleinen Urlaubsabenteuern, die Leon erlebte, von seinen neuen wissenschaftlichen Erfahrungen im Gebiet der Gesichtsforschung und von all jenen Dingen, die Leon im Schatten einer Orangenlaube zu schreiben eingefallen waren.

Poiccart hörte zwar mit einem Ohr zu, aber in Gedanken beschäftigte er sich mit einem Gespräch, das er am frühen Morgen mit der Bäckersfrau geführt hatte. Nach dem Frühstück, als Manfred den Brief zusammenfaltete und weglegte, lehnte sich Poiccart zurück und erzählte seinem Partner, daß die Bäckersfrau dabei war, ihm ein Geheimnis anzuvertrauen. Nur den Mut dazu hatte sie noch nicht ganz gefunden.

»Die gute Frau macht sich Sorgen um jemanden«, sagte Poiccart. »Ich weiß nicht, wer es ist, da in ihrer Familie alles in Ordnung zu sein scheint. Die Bäckerei ist eine Goldgrube, ihre Kinder gehen beide auf eine höhere Schule, ihr

Mann ist ein treuer und redlicher Mensch, und ihre alte Mutter ist bestens aufgehoben.«

»Und wie bist du darauf gekommen, daß es sich um familiäre Probleme handelt?« fragte Manfred, nicht sonderlich interessiert an den Sorgen einer Bäckersfrau, die er kaum kannte.

»Es scheint sich um etwas Schlimmeres zu handeln«, sagte Poiccart sinnend. »Die Frau muß heimliche Ängste ausstehen. Du weißt, ich bilde mir auf meine Menschenkenntnisse nicht zu Unrecht einiges ein.«

»Da die Frau weiß, wer du bist, könnte es sich um ein Verbrechen handeln, von dem sie Kenntnis hat. Sie fürchtet sich eben, jemandem davon zu erzählen. So was kommt doch gerade in unserer Umgebung häufig vor, Raymond. Ich bin sicher, daß Leon der Frau längst das Geheimnis entlockt hätte.«

»Ich habe auch schon daran gedacht, sie direkt zu fragen.«

»Tu das, mein Lieber. Aber laß dir nur keine Arbeit aufhalsen, die sich nicht bezahlt macht. Im Gegensatz zur Bäkkerei an der Ecke ist nämlich unser Geschäft noch lange keine Goldgrube.«

»Daß uns gerade derjenige daran erinnern muß, der sich im Urlaub von der spanischen Sonne den Bauch bräunen läßt«, murmelte Poiccart grimmig, während er sich erhob. »Bist du fertig mit dem Frühstück?«

Manfred nickte, gähnte herzhaft und wagte den ersten Blick aus dem Fenster. Erschreckt fuhr er zurück, als er in einem Fenster des gegenüberliegenden Hauses Mrs. Tripplestick entdeckte, die mahnend den Zeigefinger erhoben hatte. Am nächsten Samstagabend war er zum Bridge eingeladen.

2. Kapitel
Mrs. Beardslee hat Sorgen

Die Bäckerei, in der Poiccart jeden Morgen, außer am Sonntag, die frischen Brötchen holte, befand sich keine dreihundert Schritte von dem kleinen Haus in der Curzon Street entfernt. Poiccart betrachtete den allmorgendlichen Spaziergang als leichte Körperertüchtigung, ohne daß er sich dabei anstrengen mußte. Er hielt nicht viel von anstrengenden Sportarten, und Leuten, die darauf bedacht waren, durch irgendwelche regelmäßigen Kraftübungen ihren Körper zu stählen, pflegte er mit einer Portion Mißtrauen zu begegnen. Er fühlte sich gesund, bewegte sich trotz seiner Größe und seines Gewichtes leicht, manchmal sogar beinahe elegant. Außerdem tat ihm nirgendwo etwas weh; er litt nicht unter Sehnenscheidenentzündungen, Gliederschmerzen oder an Atemlosigkeit. Und das war etwas, was die wenigsten Hobby-Sportler von sich behaupten konnten.

Poiccart nahm sich auf diesem Morgengang Zeit, mit den Leuten zu reden. Beim Zeitungsstand, auf halbem Weg, legte er meistens eine längere Pause ein, unterhielt sich mit Harry, der über alles Bescheid wußte, was sich in der Nachbarschaft tat. Harry hatte den Zeitungsstand schon, seit er mit nur einem Bein aus dem Krieg zurückgekehrt war. Er kannte die Leute, die in der Curzon Street zu Hause waren, wußte von ihren Nöten und Freuden, denn fast alle kamen irgendwann einmal her und erzählten ihm ihre Geschichte.

Manche früher, manche später.

Poiccart kam jeden Morgen. Außer sonntags.

Und dann redeten sie über alles mögliche. Philosophieren nannte es Harry.

»Wir zwei, Poiccart, können zwar den Lauf der Dinge nicht ändern«, pflegte er zu sagen; »aber uns wiederum kann niemand daran hindern, so zu tun, als wüßten wir, wo der Hebel anzusetzen ist.«

An diesem Morgen, als Poiccart das kleine Haus an der Curzon Street verließ, regnete es. Poiccart öffnete seinen Schirm und grüßte zu Mrs. Tripplestick hinüber, die eben die Milch hereinnahm.

»Schönen guten Morgen, der Herr Poiccart«, rief sie herüber.

»Schönen guten Morgen, Gnädigste«, grüßte Poiccart zurück. »Wie geht es Ihrem werten Gatten?«

»Danke, ausgezeichnet. Mr. Gonsalez wird noch im Urlaub sein, nicht wahr?«

»Urlaub?« fragte Poiccart im Weitergehen. »Die Pflicht hat ihn nach Spanien gerufen. Ein internationaler Fall, über den Ihnen sicherlich Mr. Manfred am Samstagabend mehr erzählen wird.«

»Oh, ich freue mich jetzt schon auf seinen Besuch«, frohlockte Mrs. Tripplestick. »Er ist ein äußerst begabter Bridgespieler und ein charmanter Erzähler. Richten Sie ihm bitte aus, daß ich diesmal meine Nichte Charlotte dazu eingeladen habe.«

»Darüber wird sich Mr. Manfred ganz besonders freuen«, gab Poiccart zurück und grinste heimlich, weil er sich nicht vorstellen konnte, daß Mrs. Tripplestick eine Nichte hatte, an der Manfred Gefallen finden würde.

Ein Haus weiter traf Poiccart den Konstabler Phil Shipley, der sich verspätet hatte und in seiner Eile Poiccart mit Leon Gonsalez verwechselte, obwohl die beiden sich keineswegs ähnlich sahen.

»Schon aus dem Urlaub zurück?« fragte deshalb der

Konstabler überrascht, während er über die Straße eilte und gleichzeitig seinen langen Mantel zuknöpfte.

»Noch nicht«, rief Poiccart hinter ihm her, und der Konstabler rannte zuerst ein Stück weiter, bevor er plötzlich anhielt, als wäre er gegen eine unsichtbare Mauer geknallt. »Wie bitte?« fragte er und schaute sich verwundert nach Poiccart um, der unterdessen weitergegangen war.

Bei Harry war an diesem Morgen nicht viel Betrieb. Das Regenwasser lief in dünnen Rinnsalen von der Plane. Manchmal nahm Harry seinen Stock und stieß ihn dort gegen die Plane, wo sie durchhing. Dann schwappte das Wasser über und klatschte auf das Gehsteigpflaster nieder.

Harry war ein kleiner Mann, der immer die gleiche Schirmmütze trug, Sommer und Winter. Mrs. Tripplestick hatte ihm einmal eine selbstgestrickte Pudelmütze geschenkt, aber Harry trug sie nur an Mrs. Tripplesticks Geburtstag. Damit machte er ihr eine Freude, die ihn nur etwas Überwindung kostete und nicht einen Penny.

»Na, der Regen vermag diese Stadt auch nicht mehr sauberzumachen«, sagte Harry, als Poiccart vor dem Stand stehenblieb. »Und trotzdem scheint es mir, als ob ich an einem solchen Morgen besser atmen könnte als sonst. Wie geht's, Poiccart? Was macht das Verbrechen?«

»Die Halunken sind nie müßig, mein Freund«, entgegnete Poiccart. »Trotzdem fehlt zur Zeit ein Fall, für den es sich lohnen würde, an einem solchen Morgen aufzustehen.«

Harry Moore schmunzelte. »Der Bäcker war vorhin kurz da. Sein Lehrling ist ihm abhanden gekommen. Der Junge ist ausgerissen, und kein Mensch weiß, wo er sich rumtreibt. Zur See wollte er fahren. Sich auf einem Kohletransporter anheuern lassen. So ein Unsinn. Der Junge ist eine Landratte, wie sie im Buche steht. Wetten, daß der bald wieder auftaucht, reumütig wie der verlorene Sohn. Der Junge hatte es gut beim Bäcker. Der hat ihn behandelt wie seinen eigenen. Dabei hat er ihn aus dem Heim geholt.«

»Es scheint, daß der Bäcker noch ein paar andere Sorgen hat«, sagte Poiccart sofort. Wenn einer wußte, welcher Art der Kummer war, den die Bäckersfrau bedrückte, dann war dies Harry.

»Sorgen kommen selten allein«, sagte Harry und holte den *Daily Megaphon* unter einer Plane hervor, mit der er Zeitungen und Zeitschriften abgedeckt hatte. »Hier, da steht drin, wie schlecht es um unsere Wirtschaft steht. Inflation. Alles wird teurer. Selbst die Zeitung hat aufgeschlagen. Wenn ich daran denke, wie lange ich schon von einem richtigen Laden träume, in dem meine Zeitungen nie naß werden, wird mir übel, Poiccart. Die Welt ist ein Jammertal, sage ich, und es sind die Großen, die uns laufend übers Ohr hauen.«

Poiccart traute ihm nicht. Er wußte, daß Harry versuchte, ihm auszuweichen. Er wollte nicht über den Bäcker reden, und das bedeutete, daß er etwas wußte, was nicht unbedingt Gesprächsstoff abgab und schon gar keinen Nachbarschaftsklatsch.

Poiccart hielt sich nicht mehr lange beim Zeitungsstand auf. Bestärkt durch das merkwürdige Verhalten Harrys, den er nicht dazu hatte bringen können, die Bäckerei noch mit einem einzigen Wort zu erwähnen, machte er sich entschlossen auf den Weg. Er wollte Mrs. Beardslee selbst fragen, welcher Art ihre Sorgen waren. Poiccart war zwar keineswegs ein Mann, der sich von Neugier plagen ließ, und eigentlich hätte ihn das Privatleben der Bäckersfrau kaum interessiert, wenn er nicht schon seit Wochen gemerkt hätte, daß sie sich jemandem anvertrauen wollte. Warum nicht ihm, dachte er. Falls ihre Sorgen tatsächlich ernsterer oder gar verbrecherischer Natur waren, konnte er ihr vielleicht sogar helfen.

Tief in seinem Innern mußte sich Poiccart allerdings zugestehen, daß er ganz einfach gern wußte, was in seiner Umgebung vorging. Er betrachtete es als eine Selbstverständlichkeit, Bescheid zu wissen. Außerdem waren die Intimitäten anderer Menschen der Stoff, aus denen sich Romane schreiben ließen. Und Poiccart liebte es, seine wenigen Mußestunden mit dem Schreiben von Liebesabenteuern auszufüllen. Nur so zum Spaß und insgeheim natürlich auch in der Hoffnung, einmal ein Buch in der Hand zu halten, bei dem der Name *Raymond Poiccart* auf dem Umschlag stand.

Es regnete stärker, als er die Bäckerei von Sound & Beardslee erreichte. Albert Sound und William Beardslee hatten die Bäckerei vor nahezu fünfundvierzig Jahren als Partner gegründet. Sound war gestorben, ohne einen Nachfolger zu hinterlassen. So gehörte das gutgehende Geschäft jetzt den Beardslees. Henry war der Bäcker. Seine Frau führte den Laden. Die beiden Kinder, ein Mädchen und ein Junge, gingen zur Schule, aber der Junge half früh am Morgen meistens in der Backstube mit.

An diesem Morgen, als Poiccart den Laden betrat und den Schirm in den Ständer neben der Tür stellte, war ein Drittel der Brotregale leer.

»Der Junge ist uns davongelaufen«, erklärte Mrs. Beardslee eben einer jungen Dame, von der Poiccart wußte, daß sie in einer der Querstraßen wohnte. »Wer weiß, was ihn dazu getrieben hat. Er war nie ganz bei der Sache in letzter Zeit.«

Für Poiccart war es ein besonderes Vergnügen, frühmorgens in einer Bäckerei zu stehen. Er liebte den Geruch frischen Brotes, die Wärme, die ihn einhüllte, und die Geräusche, die aus der Backstube kamen, wo Henry Beardslee jetzt ohne Lehrling arbeitete. Poiccart wechselte ein paar Worte mit einem Mann, der erst vor einigen Wochen zugezogen war und neben dem Tripplestick-Haus eine Wohnung gemietet hatte.

Erst, als sich niemand mehr im Laden befand, trat Poiccart an den Tisch neben der Kasse. Mrs. Beardslee wollte sich auch bei ihm dafür entschuldigen, daß die Auswahl an Broten und Brötchen an diesem Morgen etwas schmaler ausgefallen war, aber davon wollte er nichts wissen. »Mrs. Beardslee, wollten Sie mir eigentlich nicht etwas ganz anderes sagen?« sagte er, und er blickte dabei die Frau so aufmunternd und vertrauensvoll an, daß sie für einen Moment leicht errötete und die Lider senkte.

Mrs. Beardslee war es einfach nicht gewohnt, jemanden um Hilfe zu bitten. Auch jetzt fiel es ihr nicht leicht, Poiccart zu erzählen, was sie bedrückte. Als sie ihn wieder anblickte, hatte sie die Lippen fest zusammengepreßt.

Poiccart lächelte. »Wie lange kennen wir uns jetzt schon, Mrs. Beardslee?« fragte er. »Ein paar Jahre sind es schon. Und Sie wissen, daß ein Geheimnis bei mir bestens aufgehoben ist, nicht wahr.«

Verwunderung machte sich auf ihrem blassen Gesicht breit. Woher wußte dieser Mann nur, wie nahe sie schon darangewesen war, ihm von ihrem Kummer zu erzählen? Nicht einmal ihr eigener Gatte hatte eine Ahnung von ihren schlaflosen Nächten und der Angst, die ihr auch tagsüber keine Ruhe ließ.

»Sie dürfen mir absolut vertrauen, Mrs. Beardslee«, versicherte ihr Poiccart eindringlich. »Und sollte es sich, wie ich leider annehme, um ein Verbrechen handeln, dann bin ich als Detektiv zweifellos der Mann, der Ihnen möglicherweise beistehen könnte.«

»Ich weiß . . . ich weiß«, sagte Mrs. Beardslee hastig und warf einen verstohlenen Blick zur Türöffnung, durch die man vom Laden in die Backstube gelangte. »Henry ... mein Mann, er darf davon nichts erfahren.«

»Kein Wort, das Sie mir im Vertrauen sagen, wird jemand anderes zu hören bekommen«, versprach Poiccart. »Ehrenwort.«

Mrs. Beardslee hatte jetzt vor lauter Aufregung rote Flecken im Gesicht. Sie beugte sich über den Ladentisch, entschlossen, ihm ihr Herz auszuschütten.

»Ich habe Ihnen gestern schon eine Andeutung gemacht. Das war eigentlich nicht meine Absicht, Mr. Poiccart, und mir war nachher deswegen ganz elend zu Mute.«

»Vielleicht hätten Sie mir schon gestern alles sagen sollen«, entgegnete Poiccart ebenso leise wie die Frau.

»Es geht um meine Schwester.«

Poiccart wußte gar nicht, daß sie eine Schwester hatte.

»Amelia. Wir sehen uns nur einmal oder zweimal im Jahr. Mein Mann hat es mir zwar nie verboten, mich mit meiner Schwester zu treffen, aber ich weiß, daß er es nicht gerne sieht.«

»Es geht also um Ihre Schwester Amelia«, sagte Poiccart, als sie aufhörte und er in ihren Augen eine gewisse Unsicherheit aufflackern sah. »Ich nehme an, daß Amelia Hilfe braucht.«

Jetzt nickte Mrs. Beardslee eifrig. »Ja, ja, sie braucht Hilfe. Ich weiß es. Sie ist in schlimmster Gefahr, wenn er zurückkehrt. Aber sie sagt niemandem etwas. Sie muß Todesängste ausstehen, und die Leute dort draußen sehen nur zu und freuen sich insgeheim darüber.«

»Amelia muß sich Ihnen aber doch anvertraut haben?«

»Oh, ja. Das war letztesmal, als wir uns trafen. Lange wollte sie nicht mit der Sprache heraus. Aber ich sah, daß etwas nicht stimmte. Ich wußte, daß etwas sie quälte, und ich dachte mir, daß er es ist.«

»Wer?«

»Ihr Mann.«

»Wer ist ihr Mann?«

Mrs. Beardslee schluckte. »Jones«, hauchte sie dann so leise, daß er den Namen kaum verstehen konnte. Sie sah sich ängstlich nach der Tür um. Das Geräusch, mit dem ihr Mann die Backofentür zuknallte, ließ sie zusammenfahren.

»Welcher Art ist die Gefahr, die Ihrer Schwester droht, Mrs. Beardslee?« bohrte Poiccart weiter.

»Er hat geschworen, daß er sie umbringt. Jedermann weiß es. Er hat geschworen, daß er sie . . .« Mrs. Beardslee brach plötzlich ab. Die dunklen Umrisse einer eiligen Gestalt bewegten sich schattenhaft über die nasse Schaufensterscheibe. »Kundschaft«, flüsterte sie und begann hastig, die Brötchen in eine Papiertüte zu tun.

»Wo kann ich Ihre Schwester finden?« fragte Poiccart schnell.

Sie blickte auf.

»Deptford. Im Wirtshaus an der Treet Road. Amelia arbeitet dort.«

Draußen vor dem Laden waren Stimmen. Jemand stellte sein Fahrrad in den Ständer neben der Tür.

»Ich werde sie aufsuchen«, versprach Poiccart.

»Dann . . . bitte, sagen Sie ihr nicht, daß ich . . .« Sie brach ab und strich sich mit einer fahrigen Handbewegung eine Haarsträhne aus ihrer Stirn. »Seien Sie vorsichtig, Mr. Poiccart«, flüsterte sie. »Die Leute dort draußen mögen Fremde nicht be . . .« Die kleine Glocke über der Tür unterbrach sie. Mr. Carley, ein Rentner, hielt die Tür auf für den jungen Pete Nicks, der trotz des Regens mit dem Fahrrad gekommen war. Sein Regenschutz glänzte naß, und die Haare klebten in seinem geröteten Gesicht.

Poiccart bezahlte die Brötchen, unterhielt sich kurz mit Pete, der sich freute, weil er Anstellung in einer Garage gefunden hatte. Auf dem Weg nach Hause fragte Poiccart sich, ob es gut gewesen war, Mrs. Beardslee auszufragen. Doch Leon hätte bestimmt nicht anders gehandelt. Und selbst Manfred hätte der Frau seine Hilfe angeboten, das war sicher.

Entschlossen, nach Deptford zu fahren und Amelia Jones einen Besuch abzustatten, kehrte Poiccart bestens gelaunt in das kleine Haus in der Curzon Street zurück. Manfred war noch nicht wach, denn er hatte sich fast die ganze Nacht um die Ohren geschlagen. Sein Mantel hing am Garderobenständer, und Poiccart, der inzwischen ein Auge dafür hatte, entdeckte Spuren von blutrotem Lippenstift am Kragen.

Es gab drei Gasthäuser in Deptford, aber nur eines in der Treet Road. Poiccart war mit dem Zug gekommen, und selbst, wenn er hier einem guten Freund begegnet wäre, er wäre unerkannt geblieben.

Nicht nur Leon Gonsalez verstand es meisterhaft, sich zu verkleiden. Zwar tat er dies öfters als Poiccart oder Manfred, aber die beiden standen ihm, wenn es darauf ankam, um nichts nach.

Im Gegensatz zu Leon allerdings benutzte Poiccart ein bißchen Schminke und ein silbergraues Pulver, mit dem er sein Schläfenhaar puderte. Außerdem hatte er sich an diesem Morgen nicht rasiert, was ihm zwar noch lange nicht das Aussehen eines Penners gab, jedoch einen leicht ungepflegten Gesamteindruck unterstrich. Diese Ungepflegtheit, so würde jeder erkennen, war keineswegs abstoßender Art. Sie verriet vielmehr die Lebenseinstellung eines Mannes, der durch irgendwelche Schicksalsschläge in den Keller der Gesellschaft geraten war und dort weder Zeit noch Lust hatte, sich jeden Morgen zu rasieren. Außerdem waren seine Kleider zwar abgetragen, aber äußerst sauber;

das Hemd gebügelt, aber mit leicht durchgescheuertem Kragenrand, die Krawatte aus einer Kollektion, die vor mindestens fünfzehn Jahren in Mode gewesen war.

Die übrige Verwandlungskunst Poiccarts bestand aus seiner vollendeten Mimik und aus seinem besonderen Geschick, sich in das Wesen anderer Menschen einzufühlen. Leon meinte zwar, das hätte er von ihm gelernt, und Poiccart ließ ihn in diesem Glauben, aber in Wirklichkeit hatte er einmal in Paris Schauspielunterricht genommen, und zwar bei einem der bekanntesten Theaterschauspieler Frankreichs.

Poiccart sah aus wie ein armer Mann, der sich damit abgefunden hat, arm zu sein, ohne daß er sich dafür schämt. Er fuhr dritter Klasse, las eine Ausgabe des *Daily Megaphon,* die jemand im Abteil liegen gelassen hatte, war freundlich zu allen und machte keineswegs den Eindruck, als hätte er keinen Spaß mehr am Leben.

Mr. Lukas nannte er sich. Und er besaß eine Visitenkarte, die ihn als »ehem. Rechtsanwalt« auswies.

Poiccart hatte sich genau über Deptford erkundigt, und seine Nachforschungen hatten ergeben, daß das Gasthaus »Cow and Compasses« an der Treet Road ab und zu den kleinen Saal für Vorträge zur Verfügung stellte. Da Mrs. Beardslees Schwester als Aufwartefrau in diesem Gasthaus tätig war, meldete Poiccart kurzerhand einen Vortrag über »Das Eigenvermögen der verheirateten Frau« an, den er an vier aufeinanderfolgenden Abenden halten wollte. Außerdem mietete er ein Zimmer für eine Woche; ruhige Lage, ohne Bad und Toilette. Der Wirt, der seine Anmeldung entgegengenommen hatte, war so freundlich gewesen, ihm zu versprechen, im Ort Reklame für den Vortrag zu machen. Als aber Poiccart nach Deptford kam, regnete es in Strömen, und er rechnete nicht damit, daß viele Leute das warme Haus verlassen und zu seinem Vortrag kommen würden. Als Mr. Lukas war er nicht bekannt genug. Außerdem war Deptford keineswegs eine Ortschaft, deren Einwohner ein Interesse daran gehabt hätten, sich weiterzubilden.

Deptford war ein Nest mit wenigen gepflasterten Straßen, abseits der Hauptverkehrsstrecken, düster und von einer merkwürdigen Ausstrahlung, die Poiccart sofort wachsam werden ließ, als er als einziger Mensch auf dem zugigen Bahnsteig stand.

Der Zug fuhr weiter, verschwand im Grau der Abenddämmerung, und zurück blieben nur der Geruch vom Rauch der Lok, eine zerknüllte Tüte, die jemand aus dem Fenster geworfen hatte, und zwei Gepäckstücke, die verlassen auf den Holzplanken standen und darauf warteten, abgeholt zu werden.

Poiccart befestigte den Griff, mit dem er seinen eigenen kleinen Handkoffer trug, und ging auf den Durchgang zu, der auf einen großen, verlassenen Platz hinausführte. Erst im Schatten des alten Stationsgebäudes bemerkte er den hellen Fleck hinter einer Scheibe des Fahrkartenschalters. Der helle Fleck war ein Gesicht. Und das Gesicht hätte zweifellos Leons Interesse geweckt, denn es handelte sich dabei um eine schief verzogene Visage, in der es nur ein Auge gab. Die linke Augenhöhle war leer, die Haut darin weiß und schrumpelig. Außerdem hatte der Mann eine aufgeworfene Oberlippe, die zwei lange, schiefstehende Zähne sichtbar werden ließ.

Poiccart ging auf den Schalter zu, nachdem er erst einmal die Abscheu überwunden hatte. Das Gesicht verschwand, und an seiner Stelle tauchte ein anderes auf, mager, mit eingefallenen Wangen und engstehenden Augen, die in tiefen Höhlen lagen. Dieser Mann trug eine Schildmütze mit einem Emblem der Eisenbahngesellschaft. Er öffnete das Fenster.

»Der Herr wünschen?« fragte er mit der Stimme eines alten Raben.

»Wie komme ich von hier aus am schnellsten zur Treet Road?« fragte Poiccart. »Ohne bis auf die Haut durchnäßt zu werden«, fügte er mit einem flüchtigen Lächeln hinzu.

»Dritte Querstraße. Das ist die Treet Road.« Der Mann wischte sich mit dem Handrücken über das stoppelbärtige Kinn. »Regenschirme verleihen wir nicht. Sorry.«

Poiccart bedankte sich und fragte nach dem Gasthaus »Cow and Compasses«. Der Mann hob die Brauen. »Dann sind Sie wohl dieser Rechtsanwalt aus der Stadt?« fragte er mißtrauisch.

»Gestatten, Lukas ist mein Name. Ich werde vier Tage hintereinander jeden Abend einen Vortrag halten. Es würde mich freuen, Sie und Ihren Gehilfen unter meinen Gästen zu sehen.«

Der Mann, der offenbar der Stationsvorsteher war, schüttelte den Kopf. »Ich habe Dienst«, sagte er. »Jeden Abend habe ich Dienst. Außerdem interessiert es mich nicht, was meine Frau mit ihrem Vermögen macht. Sie hat nämlich keins.«

»Hm, das ist allerdings ein triftiger Grund fernzubleiben, Sir«, sagte Poiccart verständnisvoll. »Well, dann will ich mich auf den Weg machen, bevor es dunkel wird. In Zeiten wir diesen kann man nie vorsichtig genug sein, nicht wahr?«

Jetzt grinste der Mann beinahe unverschämt.

»Solange Bash Jones noch nicht frei ist, ist Ihre Chance gering, daß Sie hier in Deptford beerdigt werden, Mr. Lukas.«

»Bash Jones?« Poiccart stellte sich dumm. »Wer ist denn das?«

»Bash Jones, der Totschläger. Den kennen Sie nicht?« Der Stationsvorsteher hob die Brauen. »Am besten fragen

Sie Amelia Jones nach ihm. Die kennt ihn am besten.« Wieder kicherte er, und diesmal voller Gehässigkeit. »Die war nämlich sein Weib, solange er draußen war.«

»Ihren Worten nach ist anzunehmen, daß es sich bei Bash Jones um einen Verbrecher handelt, der sich zur Zeit hinter Schloß und Riegel befindet?« sagte Poiccart, als interessierte ihn die Sache nur halbwegs. »Mit solchem Gesindel hatte ich während meiner Praxis in London oft genug zu tun. Wissen Sie, das Verbrechen stirbt nie aus, obgleich jedermann weiß, daß es sich nicht lohnt.«

»Für manche Leute lohnt es sich wohl«, entgegnete der Stationsvorsteher voller Spott.

»So? Ich dachte, dieser . . . wie heißt er nun schon wieder . . . Bash Jones sitzt im Gefängnis.«

»Der war dumm genug, sich erwischen zu lassen.«

»Sie meinen, andere haben von seinem Verbrechen profitiert?«

»Ich meine überhaupt nichts!« erwiderte der Stationsvorsteher scharf. »Fragen Sie im ›Cow and Compasses‹, wenn Sie was wissen wollen. Fragen Sie Amelia Jones.«

»Ich glaube nicht, daß mir daran liegt, Mrs. Amelia Jones ein Geheimnis zu entlocken, Verehrtester«, lächelte Poiccart, tippte an seinen Hut und entfernte sich.

Als er den Platz überquert hatte und unter einer mächtigen alten Linde stehenblieb, sah er im Grau des Nebels eine Gestalt auftauchen, die vom Stationsgebäude herüberkam, plötzlich stehenblieb und im nächsten Moment davonrannte.

Poiccart wartete einige Minuten im Schutz der Linde, aber die Gestalt tauchte nicht mehr auf. Schließlich setzte Poiccart seinen Weg fort. Bis er vor dem Wirtshaus anlangte, war sein Regenmantel naß, und er hatte eiskalte Füße. Trotzdem blieb er für einen Moment vor dem alten Haus stehen und ließ seine Blicke über die graue, rissige

Fassade streichen. Aus einigen Fenstern fiel trübes Licht. Ein Hund schlief auf einer alten Fußmatte bei der Tür. Regenwasser glänzte in seinem schwarzen Fell. Als Poiccart auf die Tür zuging, blinzelte der Hund zu ihm auf, ohne auch nur die Schnauze aus der Wärme seines Felles zu heben. Trotzdem konnte ihn Poiccart leise knurren hören, als er die Tür öffnete und in den Schankraum trat.

3. Kapitel
Amelia Jones

Nachdem es eine Woche lang ohne Unterbrechung geregnet hatte, floß auf der Nordseite des steinigen Eisenbahndammes ein wilder Sturzbach zu Tal. Der Fluß, über den die alte Brücke führte, war über die Ufer getreten und hatte eine sowieso schon feuchte Niederung in einen Sumpf verwandelt. Der Karrenweg, der vom Gefängnis zum Steinbruch führte, war für die Lastwagen nicht mehr passierbar, und die Gefangenen, die an der Trasse arbeiteten, benutzten den Schienenstrang als Fußweg. Es waren acht Meilen vom Gefängnis bis zur Brücke, und wenn die Gefangenen morgens um sechs Uhr abmarschierten, konnte erst um neun Uhr mit der Arbeit begonnen werden.

Das Gefängnis in Devizes gehörte zu den ältesten in Südengland. Früher war es als Zuchthaus benutzt worden, in dem nur Schwerverbrecher ihre Strafe verbüßten. Seit einigen Jahren allerdings, nachdem die Zeitungen über die unmenschlichen Zustände in dem alten Gemäuer berichtet hatten, wurden hier Männer gefangengehalten, die entweder leichtere Straftaten begangen oder aber ihre Strafe für Gewaltverbrechen bald verbüßt hatten. Dazu war ein Teil des Gefängnisses renoviert worden; die Gefangenen merkten jedoch davon noch nicht viel. Die meisten Zellen befanden sich im alten Teil eines U-förmigen Gebäudes und hatten kleine vergitterte Fenster zum Innenhof hinaus. Auf der Schmalseite des Gebäudes, dort, wo selbst die Außenmauern frisch getüncht waren, befanden sich die Räume der Administration. Die offene Seite des U war früher mit einer Mauer verschlossen gewesen. Ein Wachtturm, von dem die Wärter einen ausgezeichneten Überblick hatten, hatte die Anlage komplettiert. Von der Mauer existierte nur noch ein kümmerlicher Rest, aber der Wachtturm stand noch immer; gewaltig, grau, düster und drohend, wie ein Mahnmal für diejenigen, die daran dachten, auszubrechen.

Einige hatten es versucht, und vor zwei Jahren war es einem sogar gelungen davonzukommen. Er hatte sich durch die Sümpfe geschlagen und war später halb verhungert, völlig zerlumpt und am Ende seiner Kräfte von einem Kettenhund gebissen worden, als er versuchte, in die Vorratskammer eines Bauernhofes einzudringen. Der Bauer hatte ihn danach selbst gefangengenommen und dem Konstabler im nächsten Dorf abgeliefert.

Seither war keiner mehr der Versuchung erlegen. Trotzdem ging das Gerücht um, das Bash Jones nicht mehr lange im Gefängnis bleiben würde. Niemand wußte, wer dieses Gerücht in die Welt gesetzt hatte. Jones selbst ließ nie ein Wort über seine Absichten verlauten, falls er tatsächlich welche hatte. Die Freizeit verbrachte er damit, dumpf vor sich hin zu brüten. Nur manchmal, in der Stunde am Freitagabend, wenn die Gefangenen sich im Hof aufhalten durften, sah man ihn bei dem alten Mauerrest stehen und am Wachtturm vorbei in die Ferne blicken.

Wohin seine Gedanken wanderten, wußte nur er selbst. Vielleicht dorthin, wo er einmal zu Hause gewesen war; zu seiner Frau, die er umbringen wollte, sobald ihm die Flucht gelang.

»So ein Blödsinn«, sagte der Prediger oft genug, wenn die anderen tuschelten, daß vielleicht heute der Tag sei, an dem es Bash Jones versuchen würde. »Warum sollte er. Noch nicht einmal mehr ein ganzes Jahr hat er zu verbüßen. Dann läßt man ihn sowieso wieder auf freien Fuß.«

»So sicher ist das alles nicht«, entgegnete Polk jeweils. »Manche sind ewig drin, weil man Angst davor hat, sie wieder unter die braven Leute zu lassen.«

Da war etwas dran. Schon einmal hatte Bash Jones entlassen werden sollen, aber dann fand man Gründe, seine Strafe zu verlängern. Gewaltsüchtig sei er, eine Gefahr für die Gesellschaft. Psychologen stellten Atteste aus, und schließlich hatte man die Wahl gehabt, Bash Jones nach Devizes zu überführen oder in eine Irrenanstalt.

»Der ist so gesund im Kopf wie du und ich«, pflegte der Prediger zu sagen. »Und intelligent ist er obendrein. Nur trägt er das nicht zur Schau. Aber ich weiß, daß er Dickens liest und sogar Shakespeare. Deshalb holt man ihn am Abend so oft raus. Damit er in Ruhe lesen kann.«

Natürlich wußte der Prediger genausowenig Bescheid wie die anderen Mitgefangenen von Bash Jones. Und da Jones selbst nie etwas sagte, wucherten die Gerüchte weiter.

Am Tag, als das Unglück mit dem Neuen geschah, regnete es nicht mehr. Mittagspause war von genau ein Uhr bis zwei Uhr. Eine Stunde lang durften sich die Gefangenen ausruhen. Da suchte sich jeder einen Platz, wo er in Ruhe den Brei verschlingen konnte, den ihm Chunky mit der Schöpfkelle in den Blechnapf geklatscht hatte.

An diesem Tag war Bash Jones der erste in der Reihe. Dies geschah vielleicht ohne Absicht. Er hatte den ganzen Morgen in der Nähe der Gulaschkanone gearbeitet, zusammen mit Polk, der schwere Holzpfosten aufrichtete, um die alten Brückenpfeiler am Ende des Dammes zu erneuern. James Curry und ein paar andere waren dafür zuständig, die Balken zu verkeilen, wo dies nötig war. Sie benutzten dazu Hartholzkeile, die sie mit großen Hämmern einschlugen, bis sie festsaßen. Als der Pfiff der Trillerpfeife ertönte – das Signal zur Mittagspause –, hatte Bash

Jones eben einen der schweren Balken aufgerichtet. Er wischte seine Hände an der Hose ab, drehte sich um und ging auf die Gulaschkanone zu, ohne sich um die anderen zu kümmern. Somit war er der erste in der Reihe.

James Curry legte den Hammer weg, rieb seine Hände aneinander und kletterte den Geröllhang am Anfang der Brücke hinunter. Um zur Gulaschkanone zu gelangen, mußte er einen kleinen Sturzbach durchqueren. Er tat dies, indem er von Stein zu Stein sprang, aber dann rutschte er aus, verlor den Halt und landete mit einem Fuß im knietiefen Wasser. Vielleicht war das die Ursache für seinen Zornausbruch, der allerdings erst kam, als er sich hinter einigen anderen – und natürlich hinter Bash Jones – anstellte.

»Wann, zum Teufel, fängst du endlich damit an, das Essen auszugeben?« rief er plötzlich mit zornbebender Stimme. »Was ist eigentlich los heute? Wir schuften uns hier die Finger wund, holen uns dabei eine Lungenentzündung und kriegen obendrein einen Schlangenfraß vorgesetzt, den anständige Menschen nicht einmal Schweinen verfüttern würden.«

Chunky Woodward, ein Mann, der stolz auf seine Kochkunst war, lief rot an und hob drohend die Schöpfkelle in die Richtung des Neuen.

»Wenn du nicht willst, brauchst du nichts zu essen, du Ganove!« knurrte er grimmig.

»Natürlich will ich essen, zum Teufel, ich will nur nicht dauernd warten, bis die Herrschaften vor mir bedient sind.« Mit diesen Worten trat James Curry aus der Reihe und stampfte mit seinem Napf auf die dampfende Gulaschkanone zu. Weit kam er nicht. Einer der Männer, die hinter Bash Jones standen, stellte ihm ein Bein. Curry stolperte, und in diesem Moment trat ihm ein anderer in den Hintern. Er verlor endgültig sein Gleichgewicht, stürzte mit rudernden Armen auf Chunky Woodward zu, der seelenruhig mit seiner eisernen Kelle ausholte, kurz Maß nahm und dann zuschlug. Curry verdrehte die Augen, gab ein leises, pustendes Geräusch von sich und sackte auf der Stelle zusammen.

»Auf die Sekunde ein Uhr«, verkündete der Prediger salbungsvoll. »Jetzt kannst du mit Schöpfen anfangen, Chunky.«

Und so geschah es an jenem Tag. James Curry verpaßte das Mittagessen, und die anderen hockten um ihn herum, ohne sich stören zu lassen. Nicht einmal die Wärter hatten Erbarmen mit ihm, als er mit einem furchtbaren Brummschädel aus der Ohnmacht aufwachte. »Wenn du Nachtessen willst, machst du dich besser an die Arbeit, Curry«, sagte einer von ihnen.

Curry biß die Zähne zusammen und folgte den anderen auf die Trasse. Er sagte den ganzen Nachmittag kein Wort. Nur in seinen Augen spiegelte sich, was in seinem Innern vor sich ging. Manchmal warf er einen Blick zu Bash Jones hinüber, der voller Haß war. Er sann auf Rache, und er hatte sich den Mann dafür ausgesucht, mit dem er schon tagelang vergeblich Streit hatte anfangen wollen. Jones allerdings kümmerte sich nicht um die Sache; wenigstens dachten sie das alle. Bis nach dem Nachtessen.

Es war Freitag abend. Die beiden Gittertüren zum Innenhof wurden geöffnet. Die meisten Gefangenen drängten sofort hinaus, obwohl es ein düsterer Abend war, feucht und kalt wie fast immer um diese Jahreszeit. Die Scheinwerfer, die hoch an den Mauern montiert waren, beleuchteten den Hof. Der Wachtturm war mit drei Männern besetzt, und alle Gefangenen wußten, daß sie bewaffnet waren und haarscharf beobachteten, was sich im Innenhof abspielte.

Die meisten Sträflinge rauchten, standen in Gruppen zusammen und unterhielten sich. Einige zogen es vor, allein zu sein. Einer von ihnen war Bash Jones. Wie so oft stand er bei den Überresten der alten Mauer und blickte in die Ferne, wo sich gespensterhaft die dunklen Moorbäume aus den Nebelschwaden hoben, die sich wie wallende Schleier ausgebreitet hatten, um sich mit der hereinbrechenden Dunkelheit zu vereinen.

James Curry kam nicht auf den Innenhof. Er litt noch immer unter Kopfschmerzen, und die Beule, die sich unter seinem Haar gebildet hatte, war nicht zu übersehen. Nach genau einer Stunde, als das Signal gegeben wurde, den Innenhof zu räumen, marschierten die Gefangenen unter den wachsamen Augen der Wärter in die Zellen zurück.

Bash Jones war wie immer der letzte, der den Innenhof verließ. Die anderen hockten schon auf ihren Pritschen, als er die Zelle betrat und hinter ihm die Stahltür zugemacht und verriegelt wurde.

Curry stand mitten im Gang zwischen den Pritschen, breitbeinig, die Hände zu Fäusten geballt. Seine Augen glitzerten, und er hatte die Zähne gebleckt. »Jones, wenn du das Messer hast, dann gibst du es jetzt besser raus!« stieß er scharf hervor.

Bash Jones blieb stehen. »Welches Messer?« fragte er und kniff dabei die Augen etwas zusammen. Er sah jetzt gefährlich aus. Angsteinflößend. Und trotzdem blieb James Curry in seinem Weg stehen.

»Du weißt schon, welches Messer, verdammt!«

Über der Nasenwurzel von Bash Jones gruben sich zwei steile Falten in die Stirn. Er blickte Curry an, als hätte er einen lästigen Jungen vor sich, der ihm auf die Nerven ging. »Ich weiß nicht, wovon du redest, Curry«, sagte er leise. »Ich habe kein Messer.«

»Wer hat es dann? Niemand sonst, das ist sicher.«

Bash Jones legte den Kopf schief. »Du beschuldigst mich doch nicht, dich bestohlen zu haben, nicht wahr?«

Es wurde jetzt so still in der Zelle, daß man hätte eine Stecknadel zu Boden fallen hören. Nur hatte in dieser Zelle niemand eine Stecknadel.

»Ich sage nur, daß jemand mein Messer hat. Und warum sollte es ein anderer sein, der es an sich genommen hat? Warum nicht du, Jones?«

»Ich verstehe nicht, was du meinst, Curry!«

»Ich meine, daß du der einzige bist, der guten Grund hat, mir das Messer wegzunehmen. Immerhin hätte ich dir mit dem Messer zu Leibe rücken können.«

»Hattest du das vor?«

»Das hat nichts mit dieser Angelegenheit zu tun. Ich will mein Messer zurück, hörst du!«

»Und wenn du es nicht von mir kriegst?«

»Ich kriegs, verlaß dich drauf!«

Bash Jones nickte. Dann ging er auf Curry zu, und was niemand geglaubt hatte, geschah. Curry wich dem großen Mann aus, obwohl ihn dieser nicht einmal darum bat, den Weg freizumachen. Ohne ein Wort zu sagen, ging Bash Jones zu seiner Pritsche, zog sich aus und schlüpfte unter die Decke.

Die anderen Gefangenen schwiegen. Im stillen fragte sich jeder, wer wohl das Messer hatte, das James Curry abhanden gekommen war. Jeder von ihnen hätte vielleicht die Gelegenheit gehabt, Curry zu bestehlen, als er ohnmächtig im Geröll neben der Gulaschkanone lag. Einige Sekunden hätten dazu genügt, denn es gab nur wenige Möglichkeiten, in der taschenlosen Gefängniskleidung ein Messer zu verstecken. In Gedanken versuchte sich jeder vorzustellen, wie Bash Jones während der Mittagspause einen winzigen Augenblick dazu benutzt hatte, dem Ohnmächtigen das Messer wegzunehmen. War das überhaupt möglich? Wer hatte ihm überhaupt von dem Messer erzählt? Hätten ihn nicht die Wärter beim Stehlen ertappt? Oder die anderen Gefangenen? Irgendeiner hätte ihn beobachtet; vielleicht hielt dieser jetzt nur den Mund. Aus Furcht vor Jones.

Es war kurz nach Mitternacht, als sie erfuhren, wer das Messer besaß. Außer dem Prediger schliefen alle. Auch James Curry schien eine Weile zu schlafen. Aber dann wachte er auf. Er bewegte sch nicht und hielt die Augen lange geschlossen. Trotzdem bemerkte der Prediger, daß Curry wach war. Er atmete unregelmäßig. Und seine Lider zuckten. Das konnte der Prediger im Licht der nackten Glühbirne gut sehen.

Fast eine halbe Stunde lang lag Curry still. Dann öffnete er die Augen und drehte den Kopf. Seine Blicke suchten die Pritsche von Bash Jones. Jones lag auf die Seite gedreht. Er schlief fest. Einen Arm hatte er angewinkelt. Der Prediger konnte ihn leise und regelmäßig schnarchen hören.

Ganz langsam und vorsichtig, um jedes Geräusch zu vermeiden, stand Curry auf. Er blieb einige Minuten lang gebückt neben der Pritsche stehen, auf nackten Füßen. Das Haar stand ihm wild vom Kopf ab. Er blickte nach links, dann nach rechts die Pritschenreihen entlang. Niemand rührte sich.

Ein dämonisches Lächeln huschte über Currys Gesicht. Ganz langsam, einen Fuß vor den anderen setzend, entfernte er sich von seinem Lager und näherte sich der Pritsche von Jones. Der Prediger hielt vor Anspannung den Atem an, während er aus halbgeschlossenen Lidern beobachtete, was sich ganz in seiner Nähe abspielte.

Curry beugte sich zu der Pritsche von Bash Jones hinunter. Eine Hand griff nach den Kleidungsstücken, die Jones achtlos auf seiner Bettdecke liegengelassen hatte. Mit geschickten Fingern und ohne das geringste Geräusch zu verursachen, durchsuchte Curry die Gefangenenhose und die Jacke. Er fand nicht, wonach er suchte. So bückte er sich und tastete mit der Hand unter die Pritsche, wo eine kleine Kiste stand, in der jeder Gefangene ein paar Habseligkeiten aufbewahren durfte. Die Kiste hatte einen Deckel, konnte aber nicht abgeschlossen werden.

Ganz leise hob Curry den Deckel an und griff mit der anderen Hand in die Kiste. Er suchte lange vorsichtig darin herum. Ergebnislos. Schließlich, die Enttäuschung zeichnete sein Gesicht, richtete er sich auf. Es hatte den Anschein, als wollte er sich umdrehen und zu seinem Lager zurückkehren, als er es sich anders überlegte. Noch einmal wandte er sich der Pritsche zu, auf der Bash Jones lag. Er beugte sich über den großen Mann, und seine Hand tastete sich den Rand der Matratze entlang. In diesem Moment fuhr Bash Jones hoch, und ein feines, klickendes Geräusch war zu hören, bevor der blanke Stahl im Licht der Glühbirne aufblinkte.

Curry stand wie erstarrt da. Die Spitze der Klinge berührte seinen Hals unter dem Adamsapfel.

»Ist es das, wonach du suchst?« fragte Bash Jones mit eiskalter Stimme, und obwohl er es nur halblaut sagte, weckte er damit auch die anderen Gefangenen. Alle starrten entsetzt den großen Mann an, der auf seiner Pritsche saß und offenbar dabei war, James Curry umzubringen. Und Curry rührte sich nicht. Er öffnete den Mund und wollte etwas sagen. Nur ein leises Krächzen kam über seine Lippen.

Am ersten Abend kamen immerhin achtzehn Leute zum Vortrag über das »Eigenvermögen der verheirateten Frau«. Poiccart hatte sich noch in London, und dann auf der Zugfahrt, einige Notizen gemacht, anhand derer er aus dem Stegreif reden konnte. Er selbst fand seinen Vortrag recht informativ und frisch erzählt, aber schon in der Pause verließen sechs Leute den kleinen Saal und kamen nicht mehr zurück. Die restlichen zwölf harrten bis zum Ende aus, einer davon leise vor sich hin schnarchend. Eine der Damen löste das Kreuzworträtsel einer Zeitschrift, und ein älterer Mann hätte wahrscheinlich auch einem Vortrag über die Techniken der Schiffshebung zugehört, denn er war beinahe taub und trug einen Hörapparat hinter dem linken Ohr, der seit Monaten defekt war.

Ab und zu kam auch der Wirt herein, ein untersetzter Mann, knochig, mit einem eckigen Kinn, an dem er eine wulstige Narbe hatte. Er hieß Henry Armstrong, sprach mit einem leicht schottischen Akzent, wohnte aber in Deptford, seit er die Tochter des damaligen Wirtes gefreit hatte. Inzwischen waren über dreißig Jahre vergangen, und er hatte selbst einen Sohn, der es allerdings vorgezogen hatte, Deptford zu verlassen, um in Südafrika sein Glück zu versuchen. Die Frau des Wirtes war vor mehreren Jahren gestorben, nach einer langen, rätselhaften Krankheit. Seither war Armstrong allein. Genaugenommen stimmte das natürlich nicht, denn eigentlich war Amelia Jones bei ihm.

Poiccart lernte Amelia Jones an diesem Abend kennen, als er nach dem Vortrag allein an einem kleinen Tisch im Schankraum saß. Nach dem Vortrag geleitete sie den alten tauben Mann hinaus und räumte anschließend in dem kleinen Saal auf. Poiccart beobachtete sie verstohlen, denn er wollte vor den anderen Gästen im Schankraum, und natürlich auch vor Armstrong, sein Interesse an Amelia Jones geheimhalten.

Es befanden sich an diesem Abend nur wenige Gäste im Schankraum. Zwei oder drei hatte Poiccart schon während des Vortrages unter seinen Zuhörern gesehen. Die anderen waren ihm fremd. Sie hockten alle am gleichen Tisch an der fensterlosen Wand, wo die Jagdtrophäen hingen und zwei ausgestopfte Fasane auf einem Regal standen. Die Männer waren in bester Stimmung, tranken Ale und unterhielten sich lärmend. Es fiel Poiccart jedoch auf, daß sie ihn nicht aus dem Auge ließen. Immer wieder schauten sie herüber, und manchmal sagte der eine oder andere etwas mit leiser Stimme, und dann lachten sie, und Poiccart wußte, daß sie über ihn lachten.

Poiccart fühlte sich nicht recht wohl in seiner Haut, und er fragte sich, ob er nicht doch Manfred genauer hätte Bescheid geben sollen. Niemand in London wußte, wo er sich aufhielt, und falls ihm hier draußen in diesem Nest etwas passierte, konnte es gut sein, daß niemand seinen Verbleib herausfinden würde. Dieser Gedanke beunruhigte ihn, obwohl er sich eingestehen mußte, daß in der heutigen Zeit ausgewachsene Männer äußerst selten spurlos verschwanden.

Und so schlimm konnte es hier in Deptford nun auch wieder nicht sein, auch wenn ihn Mrs. Beardslee gewarnt hatte. Die Leute hier waren einem Fremden gegenüber bestimmt mißtrauisch, und vielleicht gab es einige, die bereit waren, ihm Ärger zu bereiten, aber um Leib und Seele hatte Poiccart trotzdem nicht zu fürchten.

Das redete sich Poiccart an diesem Abend so lange ein, bis ihm etwas wohler war. Dann bestellte er sein erstes Bier, und Armstrong beeilte sich, ein Glas zu füllen.

Zur Überraschung von Poiccart brachte er es nicht selbst zu dem kleinen runden Tisch in der Ecke des Schankraumes. Er rief nach Amelia Jones, die in der Küche beschäftigt war. Sie kam sofort heraus, und er nahm sie beim Arm und flüsterte ihr etwas ins Ohr, während er mit einer Kopfbewegung zu Poiccart hinüberdeutete. Sie nickte, nahm das Glas von der Theke und kam zum Tisch.

»Ein Bier, bitte schön«, sagte sie. »Leicht temperiert.«

»Oh, danke«, sagte Poiccart, als hätte er sie erst jetzt bemerkt. Es fiel ihm auf, daß in diesem Moment im Wirtshaus Totenstille herrschte, und aus den Augenwinkeln sah er, wie alle zu ihm herüberschauten, auch die drei Gäste an der Theke und der Wirt, der noch dahinterstand.

Amelia Jones machte keine Anstalten wegzugehen. Und Poiccart lächelte zu ihr auf. »Ich bat Mr. Armstrong, alle meine Bestellungen auf eine Rechnung zu setzen«, sagte er.

»Ich weiß«, sagte Amelia Jones. »Wollen Sie vielleicht etwas essen? Ich könnte ihnen Blaukraut servieren, mit magerem Speck und dazu Salzkartoffeln. Sie haben doch noch nichts gegessen, seit Sie hier angekommen sind.«

»Ich bin nicht hungrig«, sagte Poiccart. »Wissen Sie, am ersten Tag in einem neuen Ort, da bin ich immer etwas nervös. Da esse ich lieber wenig, um meinen Magen für die Nacht nicht zu überlasten.«

»Oh, das verstehe ich sehr gut, Mr. Lukas. Ihr Vortrag muß sehr interessant gewesen sein. Ich habe ab und zu ein bißchen durch die Tür gehorcht. Schade, daß nur so wenig Leute gekommen sind.«

»Es ist das Wetter, das viele davon abgehalten haben mag, die warme Wohnstube zu verlassen«, sagte Poiccart nachdenklich. Er hob die Schultern. »Vielleicht haben wir morgen mehr Glück, nicht wahr.«

»Das wünsche ich Ihnen, Mr. Lukas«, sagte sie, und er wußte, daß sie es ernst meinte. »Rufen Sie nur, wenn Sie etwas brauchen. Ich bin immer in der Nähe.« Sie entfernte sich, und während er das Glas an seine Lippen hob, sah er ihr nach.

Früher mochte Amelia Jones eine schöne Frau gewesen sein, schlank, mit einem schmalen Gesicht und graziösen Bewegungen. Jetzt aber, mit knapp vierzig Jahren, wirkte sie alt und verhärmt. In ihren Augen hatte er das Leid sehen können, unter dem sie all die Jahre gelitten hatte, in einem Leben, das ihr ein Mann wie Bash Jones ruiniert hatte. Und doch war diese Frau keineswegs gebrochen. Irgendwo hatte sie einen kleinen Rest Stolz, der ihr weiterhalf und ihr Kraft gab, wenn sie verzweifeln wollte. Es war nicht einfach, sich nach dieser kurzen Begegnung ein Bild von Amelia Jones zu machen, aber Poiccart war davon überzeugt, daß diese Frau ein Geheimnis hatte, das ihr immer und immer wieder Mut machte. War es dieses Geheimnis, das Bash Jones zu zerstören trachtete?

Poiccart wußte es nicht. Noch nicht.

4. Kapitel
Der dritte Waschraum

Als Philander Dearborn am frühen Morgen verschnupft und schlecht gelaunt in sein Büro kam, erwartete ihn dort ein freudestrahlender Kriminalunterkommissar mit der unverschämten Botschaft, daß Leon Gonsalez einen gefleckten spanischen Eber auf den Namen »Snake-Eye« getauft hatte.

»Zu Ehren Ihrer werten, werten Person, schreibt er sogar extra«, fügte der Kriminalunterkommissar hinzu, als er sah, wie sein Vorgesetzter das berühmte Glitzern in seine Schlangenaugen kriegte.

»Wer, mein lieber Roos, hat Ihnen denn erlaubt, meine Post zu lesen?« fragte Inspektor Dearborn, der hinten herum auch »Snake-Eye« genannt wurde, und zwar von Freund und Feind.

»Sir, Mr. Gonsalez hat die Karte an uns beide adressiert«, erklärte der junge Mann mit leisem Triumph in seiner Stimme. »Sehen Sie selbst.« Er streckte dem Inspektor die Postkarte hin, aber dieser winkte ab, zog seinen Trenchcoat aus, hängte ihn an den Haken neben der Tür und nahm seine Nasentropfen aus der Tasche.

»Wer es sich erlaubt, um diese Jahreszeit Urlaub zu machen, sollte für jede Postkarte das vierfache Porto zahlen müssen«, brummte er und musterte mißtrauisch die Papiere auf seinem Schreibtisch. »Was ist los heute morgen?«

»Nichts Besonderes. Poiccart hat angerufen.«

Dearborn fuhr herum. Jetzt wurde der Ausdruck in seinem Gesicht richtig gehässig. »Poiccart hat angerufen«, wiederholte er und ahmte wütend den Tonfall von Peter

Roos nach. »Und? Was wollte er? Irgendwelche Informationen erschleichen?«

»Hm, eigentlich nicht. Er hat nur gefragt, ob Sie sich vielleicht noch an Bash Jones erinnern.« Peter Roos lächelte. »Und wissen Sie, was ich ihm geantwortet habe? Den vergißt keiner so schnell, habe ich gesagt, auch wenn's schon etliche Jahre her ist. Wissen Sie, Inspektor, so leicht macht Ihnen das keiner nach, wie Sie damals Bash Jones überführten. Ich habe alles in den Scotland-Yard-Akten nachgelesen, und eigentlich wünsche ich mir nur, daß es mir ebenfalls vergönnt sein wird, eines Tages so einen großen Fang zu machen, Sir.«

Die Worte gingen dem Inspektor runter wie Honig, und für einen Moment vergaß er fast, durch wen er eigentlich an diese kriminalistische Glanzleistung seiner Anfangsjahre bei Scotland Yard erinnert worden war. Väterlich legte er Peter Roos seine Hand auf die Schulter, blickte durch das Fenster hinaus in die Ferne und sagte nachdenklich: »Bash Jones. Und ob ich mich an ihn erinnere. Ein Klotz von einem Mann. Skrupellos bis ins Mark seiner Knochen. Ich war lange hinter ihm her, ohne daß er sich eine Blöße gab. Aber schließlich brachte ich ihn dazu, einen entscheidenden Fehler zu begehen. Damals, das waren noch Zeiten, mein lieber Roos. Meadows war der Inspektor hier, und ich der Unterkriminalkommissar. Genau wie Sie. Ich habe niemandem verraten, daß ich es auf Bash Jones abgesehen hatte. Ich glaube, die alle hätten nur heimlich über mich geschmunzelt. Aber dann staunten sie, und ganz London staunte. Alle Zeitungen waren voll. Der *Daily Megaphon* brachte sogar einen Artikel auf der Titelseite.«

»Ich weiß, Sir. Ich habe im Archiv eine Zeitung aufgestörbert. ›Junger Kriminalbeamter von Scotland Yard macht seinen ersten großen Fang.‹ Und darunter war ein Bild von Ihnen, mit Hut, und vom Gesicht sieht man wegen dem Schatten der Hutkrempe überhaupt nichts außer der Nase.«

»Der Fotograf war eine Flasche«, knurrte Dearborn. »Ich wußte gleich, daß das keinen Sinn hat mit dem Hut. Aber der bestand darauf, weil er wollte, daß alles ein bißchen nach Sherlock Holmes aussieht. Und dann kam die Zeitung raus, und mein Gesicht war schwarz wie das eines Zulu.«

»Schade«, sagte Peter Roos. »Übrigens, Poiccart hat darum gebeten, ihn doch zurückzurufen. Die Nummer habe ich neben dem Apparat hingelegt. Poiccart nennt sich dort Mr. Lukas. Und Sie sollen sich bitte Dickerson nennen, George Dickerson.«

Sofort wurde Dearborns Gesichtsausdruck wieder hart. Er setzte sich auf den Drehstuhl hinter dem Schreibtisch, nahm den Hörer ab und gab der Telefonistin die Nummer durch.

Es läutete achtmal, bis endlich jemand abhob. Eine Frauenstimme meldete sich.

»Ja, hier ›Cow and Compasses‹.«

»Wie bitte?«

»›Cow and Compasses‹ hier. Wer spricht denn dort?«

Dearborn war einen Moment nahe daran, auf der Stelle zu verzweifeln. Aber dann faßte er sich. »Dickerson hier, George Dickerson«, schnarrte er in den Hörer. »Ich habe hier eine Nummer auf meinem Schreibtisch liegen, unter der ich Mr. Lukas erreichen kann. Ist das denn richtig?«

»Mr. Lukas? Oh, selbstverständlich, Sir. Wollen Sie sich bitte einen Moment gedulden. Mr. Lukas ist beim Frühstück.«

Nach einer Weile kam die vertraute Stimme Poiccarts durch die Leitung. »Ausgeschlafen, mein Bester?«

»Das, Poiccart, geht Sie überhaupt nichts an«, gab Dearborn hart zurück. »Sagen Sie lieber mal, wo Sie sich aufhalten.«

»›Cow and Compasses‹. Das ist eine Wirtschaft in Deptford. Ich halte hier Vorträge über das Eigenvermögen der verheirateten Frau, Dickerson.«

»Sind Sie sicher, daß Sie wohlauf sind?« gab Dearborn bissig zurück.

»Absolut, mein Lieber. Verstehen Sie mich überhaupt? Ich muß hier ziemlich leise reden. Es könnte nämlich sein, daß man versucht, mir zuzuhören.«

»Das klingt ja direkt schauerlich.«

»Das klingt nicht nur so, glauben Sie mir.«

»Und was hat Bash Jones damit zu tun?«

»Alles oder nichts.«

»Wo ist er? Hat man ihn etwa auf freien Fuß gesetzt?«

»Nein. Aber er hat nicht einmal mehr ein Jahr zu verbüßen. Den Rest seiner Strafe sitzt er im Gefängnis von Devizes ab. Da man mich dort kaum zu ihm vorlassen würde, wäre ich Ihnen äußerst verbunden, wenn Sie mir etwas unter die Arme greifen könnten.«

Dearborn runzelte die Stirn. »Wissen Sie vielleicht, daß Ihr Partner Gonsalez es zu seiner Urlaubsbeschäftigung gemacht hat, Schweine nach mir zu benennen?«

»Nein!« gab Poiccart entrüstet zurück. »Eine bodenlose Unverschämtheit!«

»Sie nehmen mir die Worte aus dem Mund«, sagte der Inspektor grimmig. »Aber glauben Sie nur nicht, daß ich Ihnen deshalb einen Passierschein für Devizes ausstellen lasse.«

»Und warum nicht?«

»Weil es um Bash Jones geht. Wie Sie wissen, habe ich ihn damals überführt, Poiccart. Ich und kein anderer. Zwar hatte ich die Angelegenheit längst wieder vergessen, da es in meiner Karriere nicht bei diesem frühen Erfolg blieb. Jetzt aber, nachdem es den Anschein hat, als wären Sie hinter Bash Jones her, will ich natürlich ganz genau wissen, worum es geht.«

»Und wenn ich nichts verrate?«
»Dann hängen Sie lieber gleich auf.«
»Und wenn ich ›Mord‹ sage?«
»Mord?«
»Richtig.«
»Im Gefängnis? Hören Sie mal, so blöd ist doch Bash Jones niemals. Sie müßten ihn kennen, Poiccart. Der kennt beide Seiten der Medaille.«
»Wie wär's, wenn wir zusammen nach Devizes fahren, Dickerson?« schlug Poiccart vor.
»Sie und ich?«
»Ja.«
»Wozu?«
»Das sage ich Ihnen, wenn Sie mich am Montag in der Curzon Street abholen. Ich bleibe bis Freitag hier in Deptford. Am Freitag abend habe ich meinen letzten Vortrag. Das müßten Sie sich gelegentlich mal anhören, mein Lieber.«
»Ich komme am Montag zum Frühstück«, knurrte Dearborn. »Aber lassen Sie sich einiges gesagt sein, Poiccart. Ich will genau Bescheid wissen! Sonst geht nichts! Klar?«
»Sonnenklar, Dickerson.«
Dearborn knallte den Hörer auf die Gabel und starrte Peter Roos finster an. »Der Teufel weiß, was dieser Poiccart wieder einmal ausbrütet. Aber eines steht fest. Wenn er sich mit Bash Jones anlegt, kann ihn das Kopf und Kragen kosten.« Der Inspektor lehnte sich in seinen Stuhl zurück und bot seinem Untergebenen an, sich auf den Schemel vor dem Schreibtisch zu setzen.
»Es gibt ein paar Sachen, die ich noch erledigen muß, bevor ich nach Hause gehe«, wehrte Peter Roos die Einladung ab. »Es war eine lange Nacht, und . . .«
»Setzen Sie sich und hören Sie zu, Roos«, unterbrach ihn Dearborn bestimmt. Und dann fing er an, von damals zu

erzählen, als er ein junger ehrgeiziger Kriminalunterkommissar gewesen war, der es darauf abgesehen hatte, bis zum Ende seiner Dienstzeit die Londoner Unterwelt mit dem eisernen Besen auszukehren. Peter Roos seufzte ergeben, nahm auf dem Schemel Platz und hörte zu, bis ihm die Augen zufielen . . .

Am Samstag war James Curry zu der Putzkolonne eingeteilt, die dafür verantwortlich war, alle Waschräume in Ordnung zu bringen und sauberzumachen. Es gab drei große Waschräume im Gefängnis von Devizes. Alle drei waren im Kellergewölbe untergebracht und durch einen langen Flur miteinander verbunden. Links und rechts der Flurwand standen Holzbänke, über denen lange Bretter mit Kleiderhaken befestigt waren. Zwei der Waschräume lagen sich gegenüber, der dritte befand sich am Ende des Flures, und es war der kleinste.

Bash Jones hatte Aufsicht. Er war der einzige, der eigentlich den ganzen Nachmittag über nichts tat, als von einem zum anderen Waschraum zu gehen und seinen Mitgefangenen beim Saubermachen zuzusehen. Der Wärter, der die Oberaufsicht hatte, saß am Anfang des Flures vor einer Gittertür auf dem Lehnstuhl und las in einem Pilzbuch.

James Curry hatte an diesem Tag noch nicht ein einziges Wort von sich gegeben. Er tat seine Arbeit, hielt sich meistens abseits der anderen auf und beachtete auch Bash Jones nicht, der ihm in der letzten Nacht eine schlimme Lektion erteilt hatte.

Nicht ein Haar war ihm gekrümmt worden, und trotzdem fühlte sich Curry an diesem Tag bis ins Herz hinein krank. Er konnte die Schmach kaum ertragen, die ihm Bash Jones bereitet hatte. Er spürte an diesem Morgen, daß ihn alle anderen für einen jämmerlichen Schwächling hielten, der im entscheidenden Moment schlappgemacht hatte.

Um vier Uhr am Nachmittag waren die drei Waschräume sauber, und Bash Jones meldete dem Wärter, daß seine Kolonne mit der Arbeit fertig war.

Der Wärter, ein Mann, der schon viele Jahre in Devizes beschäftigt war, steckte das Pilzbuch ein, rückte die Schildmütze zurecht und blickte die Gefangenen an, die sich im Flur in einer Reihe aufgestellt hatten. Einen nach dem anderen. Zuletzt James Curry, der einen Putzeimer in der linken Hand hatte, einen Lappen und eine Bürste in der rechten.

»Well, ihr wißt also, daß ihr euch da drin wieder waschen könnt und danach tatsächlich sauber herauskommt?« fragte der Wärter; solange sie ihn kannten, fragte er jeden Samstagnachmittag das gleiche.

»Da drin ist es blitzblank sauber«, sagte der Prediger schnell. »Sie können getrost nachsehen, Sir.«

Und wie jeden Samstagnachmittag verzichtete der Wärter darauf nachzusehen. Statt dessen ließ er die Sträflinge an sich vorbei, zuerst Bash Jones, dann die anderen. Am Ende kam James Curry, und der Wärter hielt ihn am Arm zurück.

»Curry, es ist dir vielleicht nicht aufgefallen, aber ich beobachte dich nun schon den ganzen Tag, und wenn ich nicht wüßte, daß du kürzlich eine Schöpfkelle gegen den Schädel gekriegt hast, würde ich sagen, daß du furchtbare Bauchschmerzen haben mußt.«

Curry kniff die Augen etwas zusammen. Das war seine einzige Reaktion.

Der Wärter schüttelte den Kopf. »Was ist los mit dir, Curry?«

Jetzt hob James Curry den Kopf. »Nichts«, erwiderte er.

»Natürlich ist was los mit dir«, beharrte der Wärter. »Glaube mir, ich kenne meine Leute. Hör mal, wenn du was auf dem Herzen hast, was dir Kopfzerbrechen macht, brauchst du mir das nur zu sagen. Ich bin dazu da, für euch Ganoven das Kindermädchen zu spielen. Klar, Curry?«

»Ja.«

»Gut. Na, dann marsch hinter den anderen her.«

Curry ging an dem Wärter vorbei und beeilte sich, den anderen nachzukommen. Die Eimer, Schrubber, Besen und Bürsten wurden im Geräteschuppen untergestellt, die feuchten Lappen aufgehängt. Dann durften sie alle in ihre Zelle zurückkehren. Die meisten waren müde und legten sich auf ihre Pritschen, um die zwei Stunden bis zum Nachtessen auszuruhen. Draußen auf dem Zellentrakt war noch Betrieb. Andere Gefangene putzten die Eisengeländer, und eigentlich kam niemand richtig zur Ruhe. Um sechs Uhr wurde zum Nachtessen geklingelt, und der einzige, der sich nicht von der Pritsche erhob, war James Curry.

Er lag auf dem Bauch, und als der Prediger mit seinem Schuh gegen die Pritsche stieß, rührte er sich nicht.

»Auf, Curry!« sagte der Prediger. »Nachtessen.«

Curry drehte sich auf die Seite. »Geh zum Teufel«, brummte er.

»Frommer Wunsch von einem, der die letzte Nacht die Hölle gerochen hat«, entgegnete der Prediger, schlug schnell das Kreuz und verließ die Zelle. Er sagte kein Wort zu dem Wärter, der draußen stand, und es fiel niemandem auf, daß Curry fehlte.

Nach dem Abendessen hatten die Gefangenen die Wahl, in den Hinterhof hinauszugehen, die Bibliothek aufzusuchen oder einen Raum, wo sie Karten spielen konnten; Eile mit Weile, Dame oder Schach.

So kam es, daß eigentlich eine Stunde lang kaum einer wußte, was sein Pritschennachbar tat. Der Prediger zum Beispiel sah Polk erst wieder, als zum Sammeln geläutet wurde. Bash Jones kam von der Bibliothek her. Nur James Curry fehlte noch immer, und wie jedesmal, bevor sie zur Nachtruhe die Zellen aufzusuchen hatten, fand der Appell statt. Erst jetzt fiel den Wärtern das Fehlen Currys auf. Einer von ihnen fragte nach ihm.

Der Prediger hätte ihm zwar sagen können, was er wußte, aber er schwieg lieber. Manchmal war es nicht gut, mehr zu wissen als die anderen. Manchmal war es ganz und gar nicht gut, überhaupt etwas zu wissen. Und diesmal, so vermutete der Prediger, war es besser, den Mund zu halten.

»Als wir die Zelle zum Abendessen verließen, lag er auf seiner Pritsche«, sagte Polk, der als zweitletzter die Zelle verlassen hatte.

Die Wärter flüsterten miteinander. Einer von ihnen eilte den Flur hoch und sagte einem anderen Bescheid, der jenseits der Gittertür saß, die den Zellenbau vom administrativen Teil des Gefängnisses trennte. Der Wärter erhob sich, nahm den Hörer vom Wandtelefon und wählte eine Nummer. Dann redete er hinter vorgehaltener Hand in die Muschel hinein. Wahrscheinlich fragte er den Direktor um Rat.

Unterdessen hatte einer der anderen Wärter Bash Jones aufs Korn genommen. »Weißt du vielleicht, wo James Curry steckt?« fragte er.

Bash Jones runzelte die Stirn. »Nein«, erwiderte er knapp.

Wieder flüsterten die Wärter. Die Gefangenen grinsten einander an, hoben die Schultern, und einer sagte halblaut, daß Curry vielleicht abgehauen sei. »Dem ist es zu eng bei uns, Gentlemen!«

Bash Jones sagte nichts. Sein Gesicht blieb ausdruckslos wie immer. Er stand still an seinem Platz und blickte zu Boden.

Es dauerte eine Weile, bis die Wärter entschieden hatten, was zu tun war. Zwei von ihnen gingen in die Zelle, in der James Curry zum letztenmal gesehen worden war. Die Zelle war leer. Keine Spur von Curry. Auf seiner Pritsche waren die Decken zerwühlt. Das Kissen lag auf dem Boden.

Nachdem es den übrigen Sträflingen erlaubt worden war, in ihre Zellen zurückzukehren, machten sich die Wärter auf die Suche nach dem Vermißten.

Sie fanden ihn lange nicht. Dann fiel dem Prediger auf, daß die Bettlaken von Currys Pritsche verschwunden waren. Er meldete es dem Wärter, der draußen Dienst tat, und dieser gab es an die anderen weiter.

Man suchte draußen. Man suchte unterm Dach und in den Lagerräumen. Schließlich fand man ihn unten im dritten Waschraum. Dort hing er von einem der Wasserrohre, die an der Decke befestigt waren. Unter seinen Füßen lag der Schemel, der sonst an der Gittertür stand. Es sah alles danach aus, als hätte sich James Curry an seinem Bettlaken erhängt.

Freitag abend hielt Poiccart seinen Vortrag zum letztenmal. Es kamen nur drei Leute, die Eintritt zahlten. Die anderen waren bei einem Fest, das im alten Feuerwehrschuppen stattfand.

Amelia Jones hatte ihren freien Tag. Meistens, so hatte sie Poiccart verraten, verbrachte sie ihren freien Tag außerhalb Deptfords. Diesmal aber blieb sie, und sie machte keinen Hehl daraus, daß sie es seinetwegen tat.

»Ich will Ihren Vortrag nicht verpassen, Mr. Lukas«, sagte sie ihm schon beim Frühstück. »Wissen Sie, es kommen selten Gäste in dieses Haus, die so vieles wissen wie Sie.« Amelia Jones lächelte etwas verlegen. »Allgemeinbildung nennt man das, glaube ich.«

»Oh, ich hoffe, daß ich auf Sie nicht etwa den Eindruck eines wandelnden Lexikons gemacht habe, Mrs. Jones«, erwiderte Poiccart freundlich. »Es gibt nämlich tatsächlich Themen, über die ich mich mit Ihnen nicht so leicht unterhalten könnte, glauben Sie mir.«

»Trotzdem, Mr. Lukas. Es freut mich, daß Sie hier sind.«

»Ganz meinerseits, Mrs. Jones.« Poiccart blickte ihr tief in die Augen. »Es waren angenehme drei Tage, die ich hier verbringen durfte, und ich gestehe Ihnen gern, daß ich Sie für daran nicht ganz unschuldig halte.«

Ihr schmales Gesicht hatte sich leicht gerötet, und an diesem Morgen machten sie zusammen einen Spaziergang durch das Dorf und dann hinaus in die brachliegenden Felder. Am Rande eines Haines schoß jemand auf Krähen, die sich im Geäst der kahlen Bäume niedergelassen hatten. Es war der Bahnhofsvorsteher, der Poiccarts Vortrag verpaßt hatte. Auch er hatte seinen freien Tag, und den verbrachte er damit, Krähen zu töten. Im Dorf zahlte man einen halben Shilling für ein Dutzend Krähenfüße, und das war immerhin etwas.

Noch zweimal knallte die Schrotflinte des Bahnhofvorstehers, und jedesmal, wenn ein paar Krähen herunterfielen, lief ein einäugiger Junge übers Feld zum Waldrand hinüber, hob die toten Krähen auf und lief so schnell er konnte wieder zurück zum Bahnhofsvorsteher.

»Das ist Buck«, erklärte Amelia Jones. »Er ist wie ein Hund. Die Männer nehmen ihn manchmal mit, wenn sie auf Fasanenjagd gehen.«

»Ist der Bahnhofsvorsteher sein Vater?« fragte Poiccart, während er neben Amelia Jones den Feldweg entlangging, der zwischen zwei Äckern hindurchführte und an einem Steinmäuerchen vorbei, das mit wilden Rosen überwuchert war.

»Nein. Niemand weiß, wer Bucks Vater ist.«

»Und seine Mutter?«

»Er ist ein Findelkind. Der Bahnhofsvorsteher hat ihn an einem kalten Wintermorgen im Wartesaal gefunden. Er lag in einer Pappschachtel, kaum vier Monate alt. Niemand wollte ihn haben. Man hat vergeblich versucht, seine Eltern zu finden. Schließlich brachte man ihn in die Stadt in ein Waisenhaus, aber dann hatte die Frau des Bahnhofsvorstehers ein Herz. Sie holte ihn zurück nach Deptford.«

»Dann hat sie ihn aufgezogen?«

»Nicht sehr lange. Sie starb im nächsten Winter. Lungenentzündung. Rückfall. Das konnte die arme Frau nicht überstehen.«

Beim Wegkreuz begegneten sie schließlich dem Bahnhofsvorsteher. Buck kauerte am Straßenrand, stolz auf seine Beute von vierzehn Krähen, die er sorgfältig vor sich auf dem Boden ausgelegt hatte.

»Guten Tag, Mr. Wrangell«, grüßte Amelia Jones. »Ich sehe, Sie waren schon tüchtig.«

»Jemand muß dafür sorgen, daß diese Biester nicht überhandnehmen«, gab der Bahnhofsvorsteher zurück, ohne den Gruß zu erwidern. »Man sieht dich selten hier draußen, Amelia.« Der letzte Satz war mehr eine lauernde Frage als eine Feststellung.

»Mr. Lukas und ich, wir verstehen uns gut«, gab Amelia Jones fröhlich zurück. »Nicht wahr, Mr. Lukas?«

»Ausgezeichnet«, bestätigte Poiccart. Er deutete zu Buck hinüber. »Einen feinen Helfer haben Sie da, Sir.«

»Der frißt weniger als ein Hund«, gab Mr. Wrangell kalt zurück. Er musterte Poiccart von Kopf bis Fuß. »Heute ist Ihr letzter Tag hier in Deptford?«

Poiccart nickte. »Der letzte Vortragstag. Ich glaube, daß ich jedoch noch einige Male herkommen werde, Mr. Wrangell. Die Tage, die ich in diesem gastfreundlichen

Dorf verbringen konnte, gehören zu den angenehmsten meines Lebens.«

Wrangell verkniff sein Gesicht zu einem schiefen Grinsen. »Mir machen Sie nichts vor, Lukas«, sagte er. »Ich weiß genau, warum Sie hergekommen sind.«

Amelia Jones wandte den Kopf und blickte verständnislos zu Poiccart auf, der seinerseits die Brauen hob.

»Ich weiß nicht, wie ich dies verstehen soll, Mr. Wrangell«, sagte er. »Der Grund meines Besuches war mein Vortrag. Trotzdem gebe ich gerne zu, daß Mrs. Jones großen Anteil an meinem Wohlbefinden hatte und . . .«

»Sparen Sie sich Ihre Worte für heute abend, Lukas«, unterbrach ihn der Bahnhofsvorsteher grob. »Wie ich schon sagte, mir können Sie nichts vormachen.« Er drehte sich Buck zu. »Komm, nimm die Viecher vom Boden auf! Wir machen uns auf den Weg.«

Buck gehorchte sofort. Er nahm die Krähen alle auf, hielt die Hälfte davon mit der linken, die andere mit der rechten Hand an den Füßen fest und humpelte neben Wrangell her auf das Dorf zu.

Amelia Jones blickte ihnen kopfschüttelnd nach. »Manchmal denke ich, er ist nicht ganz richtig im Kopf«, sagte sie. »Ich möchte nur wissen, was er gemeint hat, Mr. Lukas.«

Poiccart hob die Schultern. »Keine Ahnung, Mrs. Jones. Mr. Wrangell scheint ein recht merkwürdiger Mensch zu sein. Kommen Sie, lassen wir uns durch seine einfältige Bemerkung nicht den Tag verderben.« Er bot Amelia Jones seinen Arm an, und sie hakte sich bei ihm ein. Lange Zeit redeten sie nicht mehr, während sie über die Hügel gingen und hinunter zum Fluß. Erst gegen Mittag, als die Sonne fahl durch den Nebel schien, kehrten sie ins Dorf zurück.

Am Abend saß Amelia Jones in der ersten Stuhlreihe vor der kleinen Bühne, auf der Poiccart stand. Sie hatte sich für den Abend ein besseres Kleid angezogen, das Haar mit der Brennschere gelockt und leichtes Wangenrouge aufgelegt. Außerdem trug sie ein kleines Hütchen, das einem Vogelnest ähnlich sah, und eine Brosche, die wahrscheinlich aus einer Wundertüte stammte. Poiccart lächelte ihr vom Podest herunter zu, und sie lächelte hinauf, etwas verschämt und mit gesenkten Augenlidern.

Es war der letzte Abend, den Poiccart in Deptford verbrachte, und die ganze Zeit überlegte er, wie er Amelia Jones dazu bringen konnte, ihm ihr Geheimnis zu verraten. Nach dem Vortrag versuchte er noch einmal, mit ihr ins Gespräch zu kommen. Er lud sie zu einem Glas Wein ein, sozusagen zum Abschied, denn er wollte am nächsten Morgen mit dem 9-Uhr-Zug nach London zurückkehren. »Ich werde aber bestimmt schon nächste Woche Zeit zu einem kurzen Besuch finden«, versprach Poiccart.

Sie freute sich. »Ich vertraue Ihnen«, sagte sie und nippte an ihrem Wein. Armstrong, der Wirt, blickte verstohlen von der Theke herüber. »Sie haben mir soviel von Ihrem Leben erzählt, daß mir scheint, als würden wir uns schon jahrelang kennen, Mr. Lukas. Dabei wußte ich vor vier Tagen noch nicht einmal, daß es Sie gibt.«

Poiccart lächelte. »Und ich weiß so wenig von Ihnen, Mrs. Jones«, gab er zurück.

Amelia Jones senkte kurz den Blick. »Über mich gibt es nicht viel zu berichten«, sagte sie leise. »Und wenn Sie etwas wissen wollen – die Leute hier glauben alles über mich zu wissen.«

»Man hat mir gesagt, daß Bash Jones Ihr Mann war und daß Sie sich vor ihm fürchten. Das ist also längst kein Geheimnis mehr.«

Sie hob den Kopf und schaute ihn überrascht an. »Sie wissen davon?«

»Ja. Solche Dinge erfährt ein Fremder hier schnell.«

»Und warum haben Sie mir gegenüber nie etwas davon gesagt?«

»Dafür gibt es keinen Grund, Mrs. Jones«, erwiderte Poiccart ruhig. Dann lächelte er. »Wir sehen uns nächste Woche, nicht wahr?«

»Ganz bestimmt«, versprach sie, und Poiccart wußte, daß er bis dahin Geduld haben mußte, denn Amelia Jones war noch nicht bereit, ihm ihr Geheimnis zu verraten.

5. Kapitel
Mord oder Selbstmord?

Manfred holte Poiccart am Samstagmittag vom Bahnhof ab, und während sie langsam durch die City nach Hause fuhren, erzählte ihm Poiccart ausführlich von seinen Erlebnissen in Deptford. Viel war ja eigentlich nicht passiert, aber im Gegensatz zu Manfred liebte Poiccart den idyllischen Frieden eines Landstädtchens, auch wenn ihm dieser nicht ganz echt erschien.

»Irgend etwas stimmt nicht in diesem Dorf«, sagte Poiccart, nachdem er Manfred vom Bahnhofsvorsteher und seinem Gehilfen Buck und der Krähenjagd erzählt hatte. »Nicht nur an diesen beiden liegt es. Es scheint fast, als fürchteten sie alle die Rückkehr von Bash Jones. So, als hätten sie alle ein schlechtes Gewissen.«

Manfred nahm in sportlicher Manier eine Kurve und freute sich über das Quietschen der Reifen, während Poiccart sich vorsichtshalber am Griff der Tür festhielt.

»Weißt du, Raymond, ich bewundere dich. Nur dir gelingt es, eine alte Aufwartefrau derart mit dem Zauber der Romantik zu umgeben, daß sie dir freimütig ihr bestgehütetes Geheimnis verrät.«

»Leider ist mir dies trotz aller Schmeichelei noch nicht gelungen«, erwiderte Poiccart bitter. »Aber du irrst dich, wenn du glaubst, daß Amelia Jones eine alte Aufwartefrau ist, mein Freund. Nachdem ich sie einmal näher kennengelernt hatte, fiel es mir nicht einmal schwer, ihr den Hof zu machen.«

Manfred wandte überrascht den Kopf, so daß er Poiccart von der Seite anblicken konnte.

»Das klingt schon fast, als ob du dich entschieden hättest, Amelia Jones gegen alles Übel dieser Welt zu beschützen«, stellte er erstaunt fest.

»Achte lieber auf den Verkehr«, erwiderte Poiccart, und in diesem Moment bog ein kleiner Lieferwagen von einem Parkplatz in die Hauptstraße ein. Manfred sah ihn zu spät; obwohl er schnell reagierte, prallte er mit dem rechten vorderen Kotflügel in die Seite des Lieferwagens.

Manfred würgte den Motor ab, öffnete die Tür und wartete, bis der Fahrer des Lieferwagens wutschnaubend auf die Straße stürzte und sich mit dem Zeigefinger gegen die Schläfe tippte.

»Kannst wohl nicht aufpassen, Idiot!« schimpfte der Lieferwagenfahrer, der eine speckige Schildmütze und eine Lederjacke trug. »Hast wohl deine Augen am Hintern und deinen Verstand im Krawattenknopf!«

»Sachte, mein Bester«, warnte Manfred den Mann kalt. »Bevor Sie sich weiter wie ein Steinzeitmensch gebärden, möchte ich Sie darauf hinweisen, daß mein Auto in Fahrtrichtung auf einer Hauptstraße steht, während Ihre Kiste mit einem Hinterrad den weißen Markierungsstrich dieses Parkplatzes noch nicht überquert hat!«

»Das ist ein Firmenwagen, du Schwachkopf, und zwar von Bell & Sons, falls du überhaupt lesen kannst. Bell und Söhne, frische Fische! Wenn mein Kühlaggregat ausfällt, kriegst du eine Schadensersatzforderung, an der du lebenslänglich bezahlen wirst, darauf kannst du Gift fressen, du feiner Pinkel!«

»Nun, dann wollen wir doch erst einmal unsere äußerst verkehrskundige Polizei bemühen, mein Bester. Übrigens, sollten Sie mich weiterhin auf diese unfeine Art beschimpfen, wäre ich nicht abgeneigt, Ihnen mit roher Gewalt eine aufs Haupt zu schlagen, daß es . . .«

»Versuchs, und ich schlag dich zu Klump, du Lackaffe,

und falls dein Freund sich einmischen sollte, kriegt er auch noch was ab, verlaß dich drauf!«

Der Lieferwagenfahrer war schon dabei, seine Lederjacke auszuziehen, als Poiccart aus dem Auto stieg.

»Moment mal, Gentlemen«, sagte er. »Ich glaube, daß wir uns einigen können.«

»Halt dich lieber raus«, knurrte der Lieferwagenfahrer.

»Sir, mein Name ist Poiccart. Poiccart vom Silbernen Dreieck. Dieser Herr, den Sie möglicherweise wegen seiner modischen Kleidung für einen feinen Pinkel halten, ist mein Partner George Manfred. Soviel ich weiß, erledigten wir für Mr. Aaron Bell junior letztes Jahr einen Fall, bei dem es um die Erlaubnis der Fischlagerung in bestimmten Wohngebieten ging.«

»Und was hat das mit mir zu tun?« fragte der Lieferwagenfahrer mißtrauisch.

»Well, es könnte sein, daß Sie sich auf einen Tip von uns hier ab morgen auf Stellensuche die Füße wund laufen, Verehrtester.« Poiccart lächelte väterlich. »Sehen Sie, der Schaden an unserem Wagen ist äußerst gering. Ich nehme an, daß er sich für ein paar Pfund beheben läßt. Die Rechnung dafür werden wir direkt an Mr. Bell schicken, der sie als Gentleman ohne Umschweife bezahlen wird.«

»Und was ist mit der Beule an meinem . . .«

»Das ist Ihre Sache, Sir«, sagte Poiccart. »Wenn ich so frei sein darf, Ihnen mit einem guten Ratschlag unter die Arme zu greifen, würde ich vorschlagen, daß Sie den Schaden ohne Aufsehen selbst beseitigen lassen. Ich bin überzeugt, daß Ihnen dadurch einige Unannehmlichkeiten erspart bleiben.«

Der Lieferwagenfahrer hob die Brauen. Er blickte Poiccart von unten herauf schräg an. Einige Sekunden lang wußte er wohl nicht so recht, was er von dem Vorschlag halten sollte, aber dann dämmerte ihm, daß der Mann in der fadenscheinigen Kleidung doch nicht so unrecht hatte. Er zog den Reißverschluß seiner Lederjacke zu, klemmte sich hinter das Steuerrad des Lieferwagens und fuhr davon.

»Siehst du, so ist das mit Amelia Jones«, sagte Poiccart auf der Weiterfahrt. »Es gelingt mir, Leute davon zu überzeugen, daß sie mir vertrauen können. Außerdem halte ich Amelia für eine Frau, die ein besseres Los verdient hätte, als in Deptford ein klägliches Leben zu verbringen.«

Manfred nahm den Blick nicht mehr vom Verkehr. »Sag mal, glaubst du, daß es dieser Fischausträger tatsächlich darauf abgesehen hatte, sich mit mir zu prügeln?«

»Warum nicht. Und wahrscheinlich weiß er seine Fäuste tatsächlich besser zu gebrauchen als seinen Verstand.«

»Wie Bash Jones?«

Poiccart drehte den Kopf. »Was weißt *du* über Bash Jones?«

»Ich weiß nur, daß man ihn den Totschläger genannt hat. Und außerdem habe ich in unseren Akten gelesen, daß ihn Dearborn damals zur Strecke gebracht hat.«

»Einer seiner größten Erfolge. Dafür ist er in der Stadt bekannt geworden wie ein bunter Hund.«

»Seit wir in der Stadt sind, hat er es allerdings etwas schwieriger«, schmunzelte Manfred. Er bog in die Curzon Street ein, und das erste, was sie beide sahen, war der schwarze Dienstwagen, der vor ihrem Haus geparkt war.

»Wenn man vom Teufel spricht . . .«, sagte Manfred und schaltete einen Gang runter. »Das kann niemand anderes als Snake-Eye sein.«

Die Vermutung war richtig. Inspektor Philander Dearborn war vor knapp einer halben Stunde hier eingetroffen und hatte erfolglos den Klopfer an der Tür unter dem silbernen Dreieck betätigt. Als er schon zerknirscht aufgeben wollte, erreichte ihn die schrille Stimme von Mrs. Tripplestick, die ihn zum Tee einlud. »Ich bin sicher, daß der Herr Manfred gleich wieder zu Hause ist!« hatte sie ihm über die Straße hinweg zugerufen. »Er wollte nur schnell zum Bahnhof fahren und Mr. Poiccart abholen.«

Den Einwand des Inspektors, daß er keine Zeit hätte, weil er in einer eiligen Angelegenheit dienstlich unterwegs sei, ließ Mrs. Tripplestick nicht gelten. Sie lockte den Inspektor mit dem Versprechen in ihr Haus, ihm ein paar Beobachtungen mitzuteilen, die das Silberne Dreieck betrafen.

Beim Tee stellte sich dann heraus, daß Mrs. Tripplestick ziemlich viel über George Manfred zu erzählen wußte, allerdings alles Dinge privater Natur, die den Inspektor nicht im geringsten interessierten. Er war froh, als Mr. Tripplestick von draußen hereinkam, seinem Hund die Leine abnahm und meldete, daß die Herren von nebenan eben zurückgekehrt seien.

Dearborn verließ das gastfreundliche Haus der Tripplesticks fluchtartig. Er stellte Manfred und Poiccart auf der anderen Straßenseite. »Poiccart, wenn sich herausstellt, daß man den Mord hätte verhindern können, wenn Sie mich sofort über diese Angelegenheit informiert hätten, werden Sie dies zu verantworten haben!« sagte er, ohne einmal Luft zu holen.

Poiccart blickte ihn halb erstaunt, halb verärgert an. »Was ist denn passiert, Verehrtester? Von welchem Mord reden Sie?«

»Jones! Bash Jones. Er hat wahrscheinlich einen Mitgefangenen umgebracht.«

Poiccart starrte den Inspektor fassungslos an. Manfred öffnete unterdessen die Tür. »Wollt ihr beide nicht lieber reinkommen?« schlug er vor. »Wir werden von unserer Nachbarin argwöhnisch beobachtet.«

»Ich bin auf dem Weg nach Devizes«, sagte Dearborn hart. »Wenn Sie wollen, können Sie mitfahren, Poiccart. Sie planten ja sowieso einen Besuch im Gefängnis.«

Poiccart nickte. »Ich hatte vor, Bash Jones ein paar Fragen zu stellen, Inspektor«, sagte er. »Aber glauben Sie mir: Ich hatte keine Ahnung von einem neuen Verbrechen. Ich weiß nicht einmal genau, worum es geht.«

»Am Telefon sagten Sie mir etwas von Mord«, wandte Dearborn ein, während er hinter Manfred das kleine Haus in der Curzon Street betrat.

»Das war nicht mehr als eine Vermutung. In Deptford geht ein Gerücht um, daß Bash Jones seine Frau umbringen würde, sobald er aus dem Gefängnis freikäme. Und es scheint, daß sich seine Frau tatsächlich um ihr Wohlbefinden ängstigt.«

»Dann haben Sie also seine Frau besucht? Amelia Jones?«

Poiccart nickte und versprach dem Inspektor, ihm alles auf dem Weg nach Devizes zu erzählen. Zuerst aber wollte er sich umziehen.

Mord oder Selbstmord? Das war die Frage, die Inspektor Philander Dearborn zu klären hoffte, als er mit Poiccart zusammen nach Devizes kam. Es war Nachmittag. Graue Nebelschwaden hatten sich über der kahlen Landschaft ausgebreitet. Das Gefängnis hob sich düster aus dem Zwielicht, mit dunklen Mauern und kleinen Lichtflecken, wo sich Fenster befanden. Der Wachtturm war besetzt. Ein Suchscheinwerfer glitt über den alten Forst, dessen Bäume dem Borkenkäfer zum Opfer gefallen waren. Kahl und bizarr standen die Baumskelette im Nebel. Zwischen dem Forst und der Kiesstraße, auf der ein Schlagbaum die Zufahrt für Unbefugte versperrte, führte ein schmaler Sumpfstreifen bis dicht an das Gefängnis heran.

»Eine ungastliche Gegend«, sagte Poiccart, der hier noch nie zuvor gewesen war. Er saß neben Dearborn im Dienstwagen, in einem dunklen, neuen Anzug mit Krawatte und einer randlosen Brille auf der Nase, die mit Fensterglas versehen war. Die Aufmachung paßte haargenau zu Poiccarts Rolle. Er sollte im Gefängnis als Mr. Downfield, Mitglied einer Untersuchungskommission, die sich um die Zustände in britischen Gefängnissen kümmerte, auftreten.

Der Inspektor spürte zwar ein flaues Gefühl im Magen, wenn er daran dachte, Poiccart bei seiner Hochstapelei Beihilfe zu leisten, aber er mußte zugeben, daß dadurch vielleicht die Wahrheit eher herauskam als durch Strafverschärfung und Kreuzverhöre.

Bis jetzt wußte der Inspektor nur, daß ein Mitgefangener von Bash Jones ums Leben gekommen war. Der Gefängnisdirektor machte kein Geheimnis aus seiner Vermutung, daß der Mann von Bash Jones ermordet worden war. Nach Angaben der Wärter sollte Jones dafür mehrere triftige Gründe gehabt haben. Einer davon schien Dearborn plausibel. Demnach hatte es der Ermordete vom Tag seiner Einlieferung an auf Bash Jones abgesehen gehabt. Nach den Aussagen der Wärter und einiger der Mitgefangenen hatte der Ermordete Bash Jones bis aufs Blut gereizt. Ein Springmesser habe er auch versteckt gehabt. Inzwischen war das Messer verschwunden, und obwohl die Zelle Nr. 3 sorgfältigst durchsucht worden und Bash Jones einer Leibesvisitation unterzogen worden war, war das Messer nicht zum Vorschein gekommen.

Als Dearborn und Poiccart sich mit dem Gefängnisdirektor unterhielten, waren die Untersuchungen längst im vollen Gange. Peter Roos hatte die Mordkommission mitgebracht, ebenso die Beamten der Spurensicherung. Er selbst hatte mehrere Verhöre durchgeführt, und als ihn sein Vorgesetzter im Büro des Gefängnisdirektors um eine kurze Zusammenfassung bat, legte ihm Roos mehr als zwei Dutzend dicht beschriebener Seiten eines Notizblokkes vor. Dearborn verzichtete darauf, sie durchzulesen. Statt dessen knöpfte er sich noch einmal den Gefängnisdirektor vor, einen schwergewichtigen, untersetzten Mann, der unter Kurzatmigkeit litt und wässerige, rotgeränderte Augen hatte. Als ihm der Inspektor kurzerhand klarmachte, daß Mr. Downfield den Auftrag hatte, den Rapport über die tragische Angelegenheit im Gefängnis zu schreiben, kriegte der Direktor rote Flecken in sein feistes Gesicht.

»Mr. Downfield ist beauftragt, seinen Rapport dem Innenminister persönlich vorzulegen«, schwindelte Dearborn weiter, dem die Sache sichtlich anfing, Spaß zu machen. »Ich möchte Sie also darum bitten, daß Mr. Downfield vom Personal dieses Gefängnisses unverzüglich jede erdenkliche Hilfe geboten wird, die er möglicherweise verlangen wird.«

»Selbstverständlich«, nickte der Direktor eifrig. »Ich werde persönlich dafür sorgen, daß es Mr. Downfield an nichts fehlt. Vielleicht darf ich noch erwähnen, daß ein solcher oder ähnlicher Vorfall während meiner ganzen Dienstzeit hier in Devizes noch nie passiert ist. Mr. Downfield darf gerne sämtliche Akten einsehen, und bei seinen Gesprächen mit den Wärtern, für die ich übrigens meine Hand ins Feuer lege, wird er leicht feststellen können, daß diese Institution hier vorbildlich geführt wird.«

Poiccart blickte den Direktor über die Brillengläser hinweg prüfend an. »Ich werde mich genauestens umsehen«, versprach er, und der warnende Unterton in seiner Stimme war nicht zu überhören. »Wo, zum Beispiel, ist Mr. Jones zur Zeit untergebracht?«

»Bash Jones? Oh, den haben wir in einer Einzelzelle unter Gewahrsam, Mr. Downfield.«

»Einzelhaft?« Poiccarts Stimme klang metallisch. »Hatte er Gelegenheit, mit seinem Anwalt zu sprechen, seit man ihn unter Mordverdacht gestellt hat?«

Der Gefängnisdirektor holte rasselnd Luft. »Er hat nicht nach einem Anwalt verlangt, Sir. Er redet kein Wort. Kommissar Roos wird Ihnen das gerne bestätigen.«

Poiccart warf Peter Roos einen Blick zu. Der junge Kriminalunterkommissar nickte gehorsam. Er spielte mit. »In seinem jetzigen Zustand halte ich Bash Jones für einen gefährlichen Mann, Sir. Es war *mein* Vorschlag, ihn in einer Einzelzelle unter strenger Bewachung gefangenzuhalten. Ich darf vielleicht nur an das verschwundene Messer erinnern und daran, daß Bash Jones ein Mann von äußerster Brutalität ist, der über außergewöhnliche Kräfte verfügt.«

»Dann halten Sie es nicht für ratsam, ihn in seiner Zelle aufzusuchen?« fragte Poiccart mißtrauisch.

»Absolut richtig, Sir«, erwiderte Peter Roos.

»Well, Gentlemen, ich bestehe jedoch darauf, den Gefangenen zu sprechen. Und zwar unter vier Augen.«

Der Direktor und die beiden Beamten von Scotland Yard wechselten Blicke.

Dearborn wandte sich an Poiccart. »Mr. Downfield, vielleicht sollten Sie doch lieber . . .«

»Bitte keine Einwände, Inspektor«, unterbrach ihn Poiccart. »Vergessen Sie nicht, daß ich in solchen Dingen langjährige Erfahrung habe.«

Er wandte sich an den Direktor. »Wie finde ich diese Einzelzelle?« fragte er bestimmt.

Der Direktor sah ein, daß er von niemandem Hilfe erwarten konnte, nicht einmal von Scotland Yard. Dieser Downfield hatte seinen Entschluß gefaßt und würde sich durch nichts und niemanden davon abbringen lassen.

»Well«, sagte deshalb der Direktor ergeben. »Wenn Sie unbedingt wollen, Mr. Downfield, wird Sie der Wärter Hughes bis zur Zelle begleiten.« Der Direktor drückte einen Knopf, und es dauerte nicht länger als eine Minute, bis jemand an die Officetür klopfte. Durch die Milchglasscheibe war die Gestalt eines Mannes zu erkennen.

»Wärter Hughes?« fragte der Direktor.

»Jawohl, Sir«, erwiderte der Mann vor der Tür. Und wieder drückte der Direktor einen Knopf.

Der Mann draußen öffnete die Tür und trat ein. »Sie wünschen, Sir?« fragte er.

»Hughes, begleiten Sie bitte Mr. Downfield zur Zelle von Bash Jones. Öffnen Sie ihm, falls Mr. Downfield dies verlangen sollte. Mr. Downfield gehört einer Untersuchungskommission an, und es ist geboten, allen seinen Wünschen zu entsprechen.«

Der Wärter rührte sich nicht. Er blickte Poiccart nur kurz an, dann wandte er sich wieder dem Direktor zu. »Mr. Downfield wäre besser beraten, Jones in Ruhe zu lassen«, sagte er. »Momentan ist er äußerst unberechenbar. Es könnte gut sein, daß er Mr. Downfield anfällt.«

»Mr. Hughes, Ihren Worten nach könnte es sich bei Bash Jones auch um ein wildes Tier handeln«, sagte Poiccart kalt.

Der Wärter blickte ihn erneut an. »Das ist er, Sir«, sagte er. »Genau, das ist er.«

»Mein Name ist Downfield«, sagte Poiccart. Er blickte auf den Mann nieder, der sich nicht gerührt hatte, seit er in der Zelle war. Poiccart spürte noch immer die Kälte der Stahltür in seinem Rücken, die Hughes von außen verriegelt hatte. Die Zelle, in der er Bash Jones gegenüber stand, war so klein, daß Poiccart keinen Schritt von der Tür hätte weggehen können, ohne mit dem Verbrecher in körperliche Berührung zu kommen. Jones saß auf seiner Pritsche, den großen Kopf mit dem Borstenhaar gesenkt. Am rechten Fuß hatte er eine Stahlspange mit einer Kette dran, die etwa zwei Fuß lang war. Am Ende der Kette war eine große schwarze Eisenkugel befestigt, und wenn sich Bash Jones hätte hinlegen wollen, hätte er diese Kugel vom Boden aufheben und auf die Pritsche legen müssen. Poiccart schätzte das Gewicht der Kugel auf mindestens fünfzig Pfund.

»Bestimmt gibt es einiges, was Sie mir sagen wollen, Mr. Jones«, sagte Poiccart. Seit fast einer Viertelstunde versuchte er, den Mann auf der Pritsche zum Reden zu bringen. Er wußte von anderen Gelegenheiten her, wie schwierig es war, mit einem langjährigen Sträfling ein Gespräch anzufangen, aber noch nie war er einem Mann begegnet, der so beharrlich schwieg, wie es Bash Jones tat. Pünktlich, nach fünfzehn Minuten, öffnete Hughes, der Wärter, die kleine Luke an der Stahltür und fragte, ob alles in Ordnung sei.

»Machen Sie sich keine Sorgen«, gab Poiccart zurück. »Mr. Jones und ich, wir kommen gut miteinander zurecht.«

»Scheint so«, brummte Hughes, knallte den Schieber zu und ließ Poiccart für die nächste Viertelstunde wieder mit dem Mann allein, dem man selbst in einer ausbruchsicheren Zelle beinahe Unmenschliches zutraute. Sonst hätte man ihm niemals die Kette mit der Eisenkugel angelegt.

»Man könnte meinen, es gäbe eine Möglichkeit, aus dieser Zelle auszubrechen, Mr. Jones«, sagte Poiccart aus seinen Gedanken heraus.

Jetzt hob Jones zum erstenmal den Kopf etwas an, und im schwachen Licht, das durch eine vergitterte kleine Öffnung hoch an der Zellendecke fiel, sah Poiccart in ein eckiges, grobgeschnittenes Gesicht, in dem er keinen anderen Ausdruck als den eines Mannes erkennen konnte, den man in die Enge getrieben hatte.

»Ich habe mit Ihrer Frau gesprochen, Mr. Jones«, sagte Poiccart, ohne dem Blick aus den harten Augen von Bash Jones auszuweichen. »Ich war in Deptford. Die Leute dort scheinen alle ein schlechtes Gewissen zu haben, Mr. Jones.« Poiccart lächelte. »Und Angst.«

Jetzt hatte er ihn soweit. Bash Jones' Augen wurden eng, seine Hände ballten sich zu Fäusten, und er suchte nach Worten. Es schien ihm schwerzufallen, sich mit einem Menschen zu unterhalten, der von draußen kam. Er hatte Mühe, sich mit Worten zu schützen, wie das Leute konnten, die es gewohnt waren, sich hinter Worten zu verstekken oder hinter ihrem Benehmen.

Hier drin, zwischen diesen vier nackten Wänden, an eine Kette geschmiedet, schien er so schutzlos und verletzbar wie ein Kind.

»Was . . . was wollen Sie?« fragte er. Poiccart freute sich insgeheim. Es war ihm gelungen, den unsichtbaren Panzer des Schweigens zu durchbrechen, mit dem sich Bash Jones zu schützen versucht hatte.

»Ich will die Wahrheit erfahren«, sagte Poiccart einfach, und er wunderte sich selbst darüber, wie leicht ihm diese Worte über die Lippen kamen. Hatte jemals einer versucht, von Bash Jones die Wahrheit zu erfahren? Er glaubte es nicht, denn dieser Mann war ein anderer als der, den er aus den Akten kannte und von den Beschreibungen der Leute, die alle seine Feinde waren.

»Wozu sollte es gut sein, die Wahrheit zu erfahren?« fragte Bash Jones.

Poiccart überlegte sich seine Antwort. Nach einer Weile hob er die Schultern. »Ich weiß nicht, wozu die Wahrheit gut sein könnte«, sagte er. »Ich kenne sie nicht.«

»Was hat Amelia Ihnen erzählt?«

»Nichts. Sie fürchtet sich vor Ihnen. Sie hat Angst, daß Sie nach Deptford kommen und sie umbringen.«

»Dies hatte ich vor«, sagte Bash Jones ruhig, und es gelang ihm, Poiccart mit diesem Geständnis zu verblüffen.

»Dann hat sie zu Recht Angst? Dann fürchten die Leute in Deptford Ihre Rückkehr mit gutem Grund?«

»Jetzt haben sie bestimmt alle keine Angst mehr, nicht wahr?« Für einen Augenblick schien der Hauch eines Lächelns die Schatten auf dem Gesicht von Bash Jones aufzuhellen.

»Ich verstehe nicht, was Sie meinen«, sagte Poiccart.

Bash Jones gab ihm keine Antwort. Er blickte wieder auf seine Hände nieder. Minuten verstrichen, und Poiccart wußte eigentlich schon, was er meinte.

»Für den Mord an James Curry dürfte man Sie mit dem Tod bestrafen, Mr. Jones. Sie meinen, daß man sich in Deptford deshalb nicht mehr zu fürchten braucht?«

Bash Jones hob wieder den Kopf. »Ich habe Curry nicht umgebracht«, sagte er. »Es gab keinen Grund, diesen Narren umzubringen.«

»Wollen Sie damit sagen, daß er Selbstmord begangen hat?«

»Das weiß ich nicht.«

»Die Untersuchungen haben ergeben, daß James Curry sich nicht selbst aufgeknüpft haben kann, Mr. Jones. Und man fand Fingerabdrücke von Ihnen im Waschraum.«

»Von mir und von allen anderen, die dort saubergemacht haben.«

»Das weiß ich nicht.«

»Wollen Sie die Wahrheit erfahren oder nicht?«

»Ja. Deswegen bin ich hier.«

»Warum glauben Sie mir dann nicht?«

Poiccart lächelte. »Wollen Sie mir die Wahrheit erzählen, Mr. Jones?«

»Beinahe hätte ich damit angefangen«, gab Jones zurück. »Wissen Sie, Downfield, eigentlich wäre es nicht so schwierig, mir zu glauben. Gut, ich habe den Buchmacher umgebracht. Das ist die Wahrheit. Wenn Sie die Gerichtsakten durchlesen, werden Sie sehen, daß ich diese Tat niemals bestritten habe.«

»Ich kenne die Gerichtsakten, Mr. Jones.«

»Gut. Aber Sie kennen nur einen Teil der Wahrheit, nämlich, daß ich den Buchmacher umgebracht habe.«

»Und der Rest der Wahrheit?«

»Nur einer kennt den Rest der Wahrheit.«

»Sie.«

»Ja.«

»Und Amelia?«

»Sie weiß, daß ich heimkommen werde.« Bash Jones Stimme wurde plötzlich hart. »Deshalb fürchtet sie sich. Sie kennt die Wahrheit nicht so, wie ich sie kenne. Ihr Leben ist eine Lüge. Downfield, ich habe Sie noch nie gesehen, aber ich weiß, daß Sie ein anderer sind als der, für den Sie sich ausgeben. Sie wollen nicht wissen, wie es um mich bestellt ist. Sie wollen nicht in Erfahrung bringen, ob ich diesen Narren umgebracht habe oder nicht, weil Sie wissen, daß ich damit nichts zu tun habe. Wenn Sie von mir die Wahrheit erfahren wollen, sagen Sie mir, wer Sie sind!«

Poiccart blickte den Mann überrascht an. Hatte er ihn tatsächlich durchschaut? Poiccart konnte im Gesicht des Sträflings keinen anderen Ausdruck erkennen als den, den er schon kannte.

»Ich bin Poiccart«, gab er zu. »Raymond Poiccart vom Silbernen Dreieck.«

Bash Jones hob jetzt die Brauen. »So was Ähnliches habe ich mir gedacht«, sagte er. »Tut mir leid, daß ich Sie enttäuschen muß, aber eine Gelegenheit wie diese würde nur ein Narr ungenützt lassen.«

Langsam griff Bash Jones hinter sich, und als seine Hand wieder zum Vorschein kam, umklammerten seine Finger den schwarzen Griff eines Springmessers. Er drückte auf den Knopf, und die Klinge schoß blitzend heraus. Poiccart wollte zurückweichen, aber er stieß mit dem Rücken nur gegen die Stahltür.

»Das . . . das muß das Messer von James Curry sein«, sagte Poiccart mit angehaltenem Atem.

»Erraten«, erwiderte Jones. »Und es wird mir zur Flucht verhelfen, Poiccart. Das Messer und Sie.«

»Es befinden sich mindestens ein Dutzend Beamte von Scotland Yard im Gefängnis«, warnte Poiccart. »Weit würden Sie nicht kommen, glauben Sie mir!«

»Weit will ich nicht kommen, Poiccart. Es sind keine fünfzig Meilen von hier nach Deptford. Zu Fuß und durch die Sümpfe brauche ich dazu ein paar Tage. Vielleicht länger. Aber solange ich draußen bin, ist Amelia nie sicher, daß ich nicht plötzlich vor ihr stehe, nicht wahr?«

»Man würde nach Ihnen suchen. Überall. Und in Deptford würden Kriminalbeamte auf Sie warten. Nein, Mr. Jones, es gibt kein Entkommen!«

»Das wird sich bald herausstellen, Poiccart«, entgegnete Bash Jones kalt.

»Ich dachte, Sie wollten mir die Wahrheit erzählen?« Poiccart merkte, wie sein Gaumen trocken wurde. Er fühlte sich so unbehaglich wie schon lange nicht mehr, und es wurde ihm klar, daß er möglicherweise dabei war, einem unberechenbaren Gewaltverbrecher die Flucht zu ermöglichen. Und dabei brachte er sich selbst in höchste Lebensgefahr.

Hughes hörte Downfields Stimme durch die Stahltür. Die dritte Viertelstunde war schon fast vorbei, und eigentlich war Hughes dabei, den Schieber aufzumachen, um nach dem Rechten zu sehen. Dies, so glaubte er, war jetzt nicht mehr nötig, denn Downfield verlangte, herausgelassen zu werden. Hughes stand schmunzelnd am Stangengeländer im Zellentrakt. Warum sollte er diesen Downfield nicht ein bißchen warten lassen? Nur ein paar Minuten. Vielleicht genügte das, den Enthusiasmus dieses Schnüfflers etwas abzukühlen.

»Mr. Hughes, machen Sie bitte die Tür auf!« verlangte Downfield noch einmal.

Hughes nahm einen letzten Zug aus seiner Zigarette, warf den Stummel auf den Boden und trat ihn mit seinem Schuh aus. Dann erst ging er zur Stahltür.

»Fertig mit dem Verhör?« fragte er. Er wartete auf eine Antwort, aber Downfield schwieg. Sekunden verstrichen. Hughes spürte, wie er plötzlich anfing, unruhig zu werden. Er öffnete doch noch einmal den Schieber und atmete auf, als er das glattrasierte Gesicht Downfields sah, der dicht an der Zellentür stand.

»Warum machen Sie nicht auf, Hughes. Ich bin fertig. Der Mann ist verstockt. Kein Wort bekommt man aus ihm raus.«

»Hätte ich Ihnen gleich sagen können«, sagte Hughes spöttisch. Er warf einen Blick zur Pritsche hinüber. Dort saß Bash Jones vornübergebeugt, die Eisenkugel anstarrend.

»Alles in Ordnung, Downfield?«

»Was hier in Ordnung sein soll, weiß ich nicht. Dieser Mann wird wie ein Tier festgehalten. Ich werde darüber mit dem Direktor ein Wörtchen zu reden haben.«

Ahnungsloser Schwachkopf, dachte Hughes insgeheim. Würdest du Jones besser kennen, fändest du nicht einmal diese Eisenkugel schwer genug. Er knallte den Schieber wieder zu, steckte den Schlüssel ins Türschloß und drehte ihn.

Die Tür ging langsam auf. Keine drei, vier Sekunden waren vergangen, seit Hughes Bash Jones auf der Pritsche gesehen hatte, aber als die Tür aufging, stand Jones hinter Downfield, hielt ihn mit einem Arm umschlungen und drückte ihm mit der rechten Hand die Spitze einer Messerklinge an den Hals.

Der Schreck lähmte Hughes. Ungläubig starrte er die beiden Männer an.

»Nimm mir die Kette ab, Hughes!« befahl Bash Jones mit einer Stimme, die aus einer offenen Grabstätte zu kommen schien. »Und versuch nicht, nach dem Alarmknopf zu langen, sonst schneide ich diesem Gentleman hier vor deinen Augen die Kehle durch.«

Hughes schluckte. Er sah, wie sich die Augen Downfields angstvoll weiteten, als Jones den Druck mit der Messerklinge etwas verstärkte.

»Tun Sie, was er verlangt, Mr. Hughes«, preßte Downfield heiser hervor.

Hughes lief es heiß und kalt über den Rücken. »Die Torwärter werden dich erwischen, Jones!« sagte er. »Warum tust du nicht, was vernünftig ist, und . . .«

»Spar dir die Worte, Hughes!« unterbrach ihn Bash Jones hart. »Beeile dich besser!«

Es blieb Hughes nicht anderes übrig, als Bash Jones zu gehorchen. Er war zwar mit einem Knüppel bewaffnet, und mit einem Sprung zur Wand hätte er die Alarmklingel auslösen können. Downfield jedoch hätte dies ohne Zweifel das Leben gekostet. Hughes konnte in den Augen von Bash Jones nichts anderes als kalte Entschlossenheit entdecken, und so ging er auf ihn zu, beugte sich nieder und öffnete das Schloß an der eisernern Fußspange.

»Leg sie dir selber um!« befahl Bash Jones.

Hughes kam auch dieser Aufforderung sofort nach. Völlig niedergeschlagen hockte er auf dem Steinboden und blickte zu Bash Jones auf, der von ihm verlangte, daß er Downfield den Ring mit den Schlüsseln überreichte.

»Bleib lieber hier am Boden sitzen, bis ich draußen bin, Hughes. Du willst doch noch eine Weile am Leben bleiben, nicht wahr?«

Hughes nickte. »Das habe ich vor«, stieß er hervor. »Ich will dabeisein, wenn sie dich hinrichten, Jones.«

Die Augen von Bash Jones begannen zu glitzern. Er sagte jetzt nichts mehr, aber Poiccart verspürte deutlich den Druck im Rücken, der ihn den Zellentrakt entlang auf die Gittertür zustieß, die nicht durch einen Wächter besetzt war. Als sie dort anlangten, befahl ihm Bash Jones aufzuschließen.

Poiccart zögerte nur einen winzigen Moment. Als ihm aber ein feines Brennen am Kehlkopf verriet, daß die scharfe Klinge des Messers seine Haut geritzt hatte, beeilte er sich, dem Befehl nachzukommen.

Draußen auf dem Flur, der den Zellentrakt mit jenem Teil des Gefängnisses verband, in dem sich die Büros und die Wohnräume der Angestellten befanden, bedeutete Bash Jones Poiccart, anzuhalten. Poiccart merkte, wie der Druck des Armes, mit dem ihn der Verbrecher festhielt, nachließ. Im nächsten Moment wurde er herumgerissen. Für eine Sekunde sah er das Gesicht von Bash Jones dicht vor sich, dann traf ihn ein knochenharter Faustschlag gegen die Schläfe. Poiccart hörte wie aus weiter Ferne eine Stimme sagen, daß er von hier aus allein durchkommen würde. Er sah auch noch die Glühbirne an der Decke, die sich plötzlich flackernd im Kreis drehte, bis sie schließlich zu bersten schien. Für einen Moment wurde Poiccart schwarz vor den Augen, und er merkte nicht, wie er gegen die Gitterstäbe knallte und in die Knie ging.

Erst als die Alarmklingel losging, kam er wieder zu Bewußtsein. Er zog sich an den Gitterstäben hoch und sah Hughes, der an der Mauer neben der offenen Zellentür kauerte und ihn feindselig anstarrte.

»Hab ich Ihnen nicht gesagt, daß er gefährlich ist, Downfield!« zischte Hughes. »Jetzt sehen wir schön aus, zum Teufel! Bash Jones ist ausgebrochen. Sie haben eine wilde Bestie auf die Menschheit losgelassen, Sie Narr!«

»Er überraschte mich mit dem Springmesser«, entgegnete Poiccart mühsam. »Ich hatte keine Möglichkeit, mich zur Wehr zu setzen. Wie konnte ich wissen, daß er bewaffnet ist?«

»Das war Jim Currys Messer!« stieß Hughes hervor. »Kommen Sie gefälligst her und machen Sie dieses verfluchte Ding hier auf!«

Poiccart merkte erst jetzt, daß er noch immer die Schlüssel in der Hand hielt. Er ging auf unsicheren Beinen hinüber zu dem Wärter und kauerte sich nieder. Der schrille Klingelton hallte noch immer durch das ganze Gefängnis. Draußen brüllten Männerstimmen. Jemand schrie Befehle. Plötzlich krachte ein Schuß. Poiccart schrak hoch. Noch einmal schoß jemand.

»Machen Sie auf, verdammt!« drängte Hughes.

Poiccart öffnete das Schloß an der Stahlspange. Hughes stand sofort auf und lief den Männern entgegen, die von der großen Halle herkamen. Poiccart wollte sich ebenfalls erheben, sah den Zigarettenstummel auf dem Boden und hob ihn auf, so wie er es oft zu Hause tat, wenn etwas auf dem Teppich lag, was dort nicht hingehörte. Dies war eine Angewohnheit von ihm, und als er aufgestanden war, suchte er vergeblich nach einem Aschenbecher oder nach einem anderen Behälter, in den er den Stummel hätte werfen können. Es gab aber nichts dergleichen hier, denn im Zellentrakt war das Rauchen verboten.

Inspektor Philander Dearborn war der erste, der bei Poiccart anlangte. Er packte Poiccart an beiden Schultern. »Sind Sie in Ordnung, Raymond?« fragte er, und es war das erstemal, daß er Poiccart beim Vornamen anredete. »Herrgott, ist Ihnen etwas passiert? Sie bluten ja am Hals!«

Poiccart tastete nach seinem Hals, und an seinen Fingerspitzen blieb etwas Blut kleben. »Ist Jones entkommen?« fragte er, als er sah, wie der Direktor des Gefängnisses, dunkelrot im Gesicht, den Gang hochkam.

»Scheint so, nicht wahr?« knurrte Dearborn grimmig.

»Gut«, sagte Poiccart, und Dearborn starrte ihn an, als zweifle er an dessen Verstand.

6. Kapitel
Lebenslänglich ist für immer

Bash Jones gelang die Flucht aus dem Gefängnis von Devizes so leicht, daß die Zeitungen Londons am nächsten Tag die Frage stellten, ob man diesem gefährlichen Verbrecher vielleicht durch irgendwelche Nachlässigkeit Tür und Tor geöffnet hatte. Im *Daily Megaphon* wurde fast eine halbe Seite lang über den Mord an James Curry und die anschließende Flucht des mutmaßlichen Mörders berichtet. »Was noch nachdenklicher stimmt, ist das Schweigen von Inspektor Philander Dearborn, der sonst dieser Zeitung gegenüber selten ein Blatt vor den Mund nimmt«, stand unter anderem in dem Artikel auf der Titelseite. »Dem aufmerksamen Betrachter scheint es, als hätte Scotland Yard etwas zu verbergen. Unzulänglichkeiten, die es dem Mörder erst ermöglichten, aus dem Gefängnis auszubrechen.« Und dann in einem anderen Abschnitt: »Wie bekannt ist, war es Inspektor Dearborn, damals noch Kriminalunterkommissar, der den Totschläger Bash Jones zur Strecke gebracht hat. Wird dem bekannten Kriminalisten dieser Streich ein zweitesmal gelingen? Man ist geneigt, daran zu zweifeln. Seit gestern nachmittag sind immerhin dreihundert der fähigsten Beamten Scotland Yards direkt auf Bash Jones angesetzt, ohne bisher auch nur eine Spur von ihm zu finden. Laut zuverlässigen Quellen soll er sich in den Sümpfen um Devizes versteckt halten. Außerdem rechnet Scotland Yard angeblich damit, daß der Verbrecher versucht, nach Deptford zu gelangen, wo seine Gemahlin als Aufwartefrau in einer Gaststube tätig ist. Unser Reporter hat vergeblich versucht, mit Mrs. Amelia Jones Kontakt aufzunehmen. Mrs. Jones, eine vom Schicksal hart gebeutelte Frau, wird zur Zeit von Scotland Yards Beamten sozusagen hermetisch gegen die Außenwelt abgeschirmt. Hoffen wir, daß es Bash Jones nicht gelingt, seine Drohungen trotzdem wahr zu machen und seine Frau umzubringen.«

Poiccart las den Artikel über die Flucht noch am Zeitungsstand von Harry Moore, der an diesem Morgen äußerst schlecht gelaunt war. Daß Poiccarts Name nirgendwo erwähnt wurde, hatte er Dearborn zu verdanken. Obwohl es für den Inspektor ein leichtes gewesen wäre, zumindest einen Teil der Schuld auf Poiccart abzuwälzen und dadurch einigen Anschuldigungen und dem unverhohlenen Spott der Presse zu entgehen, schwieg er eisern.

»Schöner Mist, den Scotland Yard da wieder gebaut hat, nicht«, sagte Harry und hängte ein neues Fußballplakat an seinen Stand. »Da fragt man sich, wofür man solchen Idioten am Ende des Monats unser sauer erarbeitetes Steuergeld in die Tasche steckt. In der Privatwirtschaft, da würden solche Leute gefeuert, aber auf dem alten trägen Amtsschimmel hocken sie allesamt fest im Sattel.«

»Ich würde nicht so harsch mit Scotland Yard zu Gericht gehen, mein lieber Harry«, sagte Poiccart. »Mir scheint, als hätte sich dieser Reporter im wesentlichen darüber aufgeregt, daß ihm Inspektor Dearborn keine Auskunft gegeben hat. Aber ich bin sicher, daß es bald gelingen wird, Bash Jones dingfest zu machen.«

»Well, Sie müssen's ja wissen«, knurrte Harry. »Dieser Dearborn ist ja einer ihrer Spezialfreunde, nicht wahr.«

»Wenn Sie ihm das sagen, entzieht er Ihnen glatt die Standlizenz«, lächelte Poiccart. Aus den Augenwinkeln sah er Mrs. Tripplestick aus dem Haus kommen, was ihn dazu veranlaßte, schnell weiterzugehen. Auf dem Weg zur Bäkkerei schob er die zusammengerollte Zeitung in die Tasche und schlug den Mantelkragen hoch, weil er das Gefühl hatte, daß er schon den Atem von Mrs. Tripplestick im Nacken spürte. Mrs. Beardslee war nicht hinter dem Ladentisch. Poiccart konnte sich nicht erinnern, daß es einen Morgen gegeben hatte, an dem die Bäckersfrau nicht pflichtbewußt ihrer Arbeit nachgekommen wäre. Heute bediente ihre Tochter Margie, obwohl Schultag war.

»Gutern Morgen, Mr. Poiccart«, sagte das magere, hoch aufgeschossene Mädchen mit den brandroten Zöpfen. »Wieviel Brötchen sind es denn heute? Sechs, oder ist Mr. Gonsalez aus dem Urlaub zurück?«

»So leicht läßt sich unser Freund Gonsalez nicht aus dem Orangenhain herauslocken, Margie. Und was, wenn ich fragen darf, tust du denn an einem Schultag hier im Laden?«

»Mom fühlt sich nicht wohl heute«, erwiderte Margie und tat sechs frische Brötchen in eine Papiertüte.

»Hoffentlich nichts Schlimmes«, sagte Poiccart besorgt.

»Oh, das glaube ich nicht.« Margie lächelte. »Da Mom sonst nie krank ist, wollte Dad Dr. Brinkley anrufen, aber Mom hat gesagt, daß dies nicht nötig sei. Morgen steht sie ganz bestimmt wieder hinter dem Ladentisch, und ich werde wieder dazu verurteilt, die Schulbank zu drücken.«

Poiccart hätte gern ein paar Worte mit Mrs. Beardslee gesprochen, sah aber keine Möglichkeit, dies zu tun, ohne daß er zumindest ihrem Ehemann den wahren Grund seines Besuches hätte verraten müssen. So verließ Poiccart gerade den Laden, als Mrs. Tripplestick hastig hereinstürzen wollte. Beinahe stießen sie zusammen.

»Oh, Mr. Poiccart, stimmt es, daß der gute Inspektor indirekt schuld am Ausbruch von Bash Jones hat?«

»Ich habe leider keine Ahnung, Mrs. Tripplestick, denn ich war nicht dabei«, log Poiccart kühl. »Aber ich glaube kaum, daß man Inspektor Dearborn irgend etwas vorzuwerfen hat.«

Bevor Mrs. Tripplestick Luft genug hatte, ihm darauf eine Antwort zu geben, ging Poiccart weiter. Zu Hause hielt ihm Manfred den Telefonhörer entgegen. »Ein Mann, der sich Smith nennt«, sagte er leise. »Er hat es eilig.«

Poiccart nahm den Hörer und meldete sich. Durch die Leitung kam eine Stimme, die er noch im Ohr hatte. Es war die Stimme von Bash Jones. »Poiccart, tut mir leid, daß ich Sie so hart anfassen mußte«, sagte Jones.

»Mir brummt jetzt noch der Schädel«, gab Poiccart grimmig zurück. »Warum rufen Sie an?«

»Wissen Sie, wer nicht im Waschraum war?«

»Wie bitte?«

»Mir kam ein Einfall, Poiccart. Sie sagten mir doch in der Zelle, man hätte meine Fingerabdrücke im Waschraum gefunden, in dem James Curry an der Wasserleitung hing.«

»Ja. Was ist damit?«

»Scotland Yard muß noch andere Fingerabdrücke gefunden haben. Die von meinen Mitgefangenen, die alle dort geputzt haben.«

»Wahrscheinlich ist das richtig.«

»Gut. Der einzige, der die ganze Zeit nicht drin war, war Hughes.«

»Der Wärter?« – »Ja.«

»Sie meinen, daß Hughes diesen Jim Curry umgebracht hat?«

»Ich habe lange darüber nachgedacht. Wenn sich Curry nicht selbst aufgeknüpft hat, und das erscheint mir unwahrscheinlich, dann muß es einer getan haben, der Zeit dazu hatte.«

»Und da sind Sie auf Hughes gekommen. Weil der womöglich Zeit dazu hatte.«

»Nicht nur. Er ist ein Stück meiner Wahrheit, Poiccart. Erinnern Sie sich? Die Wahrheit, die mir niemand glaubt.«

Poiccart holte Luft. »Also, Jones, ich werde den Rapport

der Spurensicherung durchsehen, und wenn's sein muß, fahre ich selbst noch einmal zum Gefängnis raus und sehe mir den Waschraum an. Wo sind Sie jetzt?«

Bash Jones lachte heiser auf. »Glauben Sie nur nicht, ich verrate Ihnen mehr als nötig ist, Poiccart.«

Ein Klicken in der Leitung verriet Poiccart, daß Bash Jones aufgehängt hatte. Poiccart drückte kurz die Gabel nieder. Dann wählte er die Nummer von Scotland Yard.

»Mr. Lukas, mein Gott, bin ich froh, daß Sie kommen konnten!« Amelia Jones wollte auf Poiccart zustürzen, besann sich aber im letzten Moment und ließ ihre ausgestreckten Arme sinken.

Poiccart lächelte besänftigend und streckte ihr seine Hand entgegen, mehr als Geste seiner Hilfsbereitschaft als zum Gruß. »Es freut mich, Sie wohlauf zu sehen, Mrs. Jones«, sagte er und drückte ihre Hand fest. »Die letzten Tage müssen für Sie sehr schlimm gewesen sein, nicht wahr.«

»Ich war oft versucht, Sie anzurufen, Mr. Lukas«, sagte Amelia Jones, und beinahe kamen ihr dabei die Tränen. »Ja, es war schlimm. So schlimm, daß mir scheint, es wäre eine Ewigkeit vergangen, seit wir uns letzte Woche voneinander verabschiedet haben.«

Poiccart deutete mit einer schwachen Kopfbewegung zu einer dunklen Gestalt hinüber, die am hintersten Tisch des Schankraumes Platz genommen hatte.

»Scotland Yard?« fragte er flüsternd.

Sie nickte heftig. »Die lassen mich nicht aus den Augen. Keinen Moment. Nachts steht einer vor dem Haus, tagsüber ist immer einer in meiner Nähe«, sagte sie leise.

»Warum bringt man Sie denn nicht weg von hier, solange man Bash Jones nicht eingefangen hat?«

»Das weiß ich nicht. Mr. Armstrong meint, daß ich für sie nur der Lockvogel bin und daß sie kaum in der Lage sind, mich zu beschützen, falls Bash wirklich hierher kommt.«

Poiccart warf einen Blick zu Henry Armstrong hinüber, der hinter der Theke stand und mit einem weißen Leinentuch Gläser ausrieb.

»Gibt es keinen Ort, wo wir uns ungestört unterhalten können?« fragte er.

»Wir könnten rausgehen«, sagte sie. »Aber der Mann dort drüben, der wie ein Dachs aussieht, wird uns bestimmt hinterherlaufen.«

Amelia Jones hatte recht. Eine Weile nachdem sie die Gaststube verlassen hatten, sah Poiccart den Mann herauskommen. Offenbar hatte er die Aufgabe, Amelia Jones unauffällig zu überwachen. Er tat zwar, als wäre er nur zufällig hier, aber selbst ein Laie hätte erkennen können, daß er ein Kriminalbeamter war.

Poiccart bot Amelia Jones den Arm und schlenderte mit ihr die Hauptstraße hinunter auf den kleinen Bahnhof zu. Der Beamte folgte ihnen in einigem Abstand.

»Ich hätte Sie gern gebeten, mich in meiner Wohnung zu besuchen, aber das würde die ganze Sache nur noch schlimmer machen. Ich möchte nicht, daß man Ihnen meinetwegen Unannehmlichkeiten bereitet, Mr. Lukas.«

»Ich bin es gewohnt, mit Unannehmlichkeiten fertig zu werden«, versicherte Poiccart mit fester Stimme. »Sie brauchen Hilfe, nicht wahr? Nun erzählen Sie mir bitte, warum Bash Jones es darauf abgesehen hat, Sie umzubringen. Vertrauen Sie mir.«

Sie senkte den Kopf. »Das ist eine lange Geschichte«, sagte sie. »*Sie* müssen *mir* vertrauen, Mr. Lukas. Es reicht nicht, wenn ich Ihnen erkläre, daß mich mein Mann abgrundtief haßt. Es gibt einen Grund dafür, den Sie noch nicht kennen. Aber hier kann ich unmöglich sprechen.«

Poiccart blieb stehen. Sie befanden sich noch etwa hundert Schritte vom Stationsgebäude entfernt. Dort lud Buck Holzscheite auf einen Handkarren der Bahn. Der Stationsvorsteher war nirgendwo zu sehen.

»Viel Zeit bleibt uns nicht mehr, wenn wir etwas gegen Bash Jones unternehmen wollen, Amelia«, warnte Poiccart, und es war das erstemal, daß er sie mit dem Vornamen anredete.

Sie hob den Kopf. »Können Sie mich morgen im Paddington-Bahnhof treffen?« fragte sie.

Poiccart hob überrascht die Brauen. Der Paddington-Bahnhof befand sich immerhin in London, und zwar ganz in der Nähe des Hyde Park. »Würde man Ihnen denn erlauben, Deptford zu verlassen?« fragte er.

»Ich nehme den Frühzug. Niemand wird mich sehen, verlassen Sie sich drauf. Es ist sehr wichtig, Mr. Lukas. Mir persönlich ist es sehr wichtig.« Ihre Finger drückten seinen Arm fest. »Ich weiß nicht, wer mir sonst helfen könnte. Für die Beamten von Scotland Yard ist dies nur einer von vielen Kriminalfällen. Die interessieren sich nicht für ein persönliches Schicksal. Die wollen Bash Jones wieder einfangen und für den Mord an James Curry an den Galgen bringen, um vor der Öffentlichkeit ihre eigenen Fehler schnellsten zu vertuschen.«

»Da ist mehr als nur eine Spur Wahrheit dabei«, gab Poiccart ernst zu.

»Dann wollen Sie mir helfen?«

»Wenn ich kann, werde ich das gerne tun«, versprach Poiccart.

Sie atmete sichtlich auf. »Dann treffen wir uns morgen früh«, sagte sie. »Auf dem Bahnsteig. Ich weiß nicht, wann der Zug in London ankommt, aber dies dürfte leicht zu erfahren sein. Ich werde noch heute abend mit Mr. Wrangell reden, damit er mir eine Fahrkarte bereithält.«

»Und wenn er Ihr Vorhaben verrät?«

»Das tut er nicht.« Sie war sich dieser Tatsache offenbar völlig sicher, und Poiccart sah keinen Grund, sie von ihrem Vorhaben abbringen zu wollen. Endlich war sie bereit, ihm das Geheimnis zu verraten, daß außer ihr vielleicht kein anderer Mensch kannte. Oder doch? Poiccart setzte sich wieder in Bewegung, und sie schlenderten zusammen am Stationsgebäude vorbei zur Kirche hoch und von dort zurück zum Wirtshaus. Die ganze Zeit redeten sie von Bash Jones, aber Amelia verriet ihm nicht, was sie ihm morgen sagen wollte.

Poiccart fuhr von Deptford aus mit dem Zug wieder nach Devizes. Dort traf er Peter Roos an, der dabei war, einige Londoner Zeitungsreporter über die Fortschritte von Scotland Yard im Fall Bash Jones »aufzuklären«.

Als Poiccart erschien, zog er sofort die Aufmerksamkeit der Reporter auf sich. Dutzende von Fragen prasselten gleichzeitig auf ihn nieder. Warum war er hier. Was hatte das Silberne Dreieck mit dem Fall zu tun? Hatte etwa Scotland Yard um Hilfe gebeten? Oder wollte Poiccart nur einem alten Freund einen Dienst erweisen?

»Rein private Interessen, meine Herren!« versuchte ihnen Poiccart klarzumachen. »Wir kümmern uns offiziell nicht um den Fall!«

»Versuchen Sie nur nicht, uns einen Bären aufzubinden!« rief Alan Quaile, ein Reporter vom *Daily Megaphon.* »Dazu kennen wir uns schon zu lange, Poiccart!«

Poiccart lachte. »Dann schreiben Sie, daß sich Poiccart in den Kopf gesetzt hat, Bash Jones' Unschuld zu beweisen.«

Für Sekunden wurde es still. Die Reporter starrten ihn erstaunt an, und diejenigen, die ihn kannten, wußten nicht, ob dies ein Scherz gewesen war oder ob es Poiccart ernst meinte.

»Sie meinen, er hat diesen Jim Curry nicht umgebracht?«

fragte eine Reporterin, während sie in das gezückte Notizbuch schrieb.

»Glauben kann man nur etwas, das man nicht weiß, meine Liebe«, sagte Poiccart, »und deshalb bin ich hier. Ich will Beweise finden.«

»Wenn ihn Jones nicht umgebracht hat, dann muß er Selbstmord begangen haben.«

»Wer behauptet das?« gab Poiccart kühl zurück.

»Wer sonst sollte ein Interesse daran gehabt haben, einen windigen Verbrecher in einem frisch geputzten Waschraum aufzuknüpfen, Poiccart?«

»Jemand, der fürchtet, daß man Bash Jones bald auf freien Fuß setzt. Jemand, der wollte, daß Jones lebenslänglich hinter Gitter bleibt.«

»Warum?«

Jetzt grinste Poiccart. »Weil lebenslänglich für immer ist, Quaile!«

Die anderen lachten, und bevor sie dazukamen, weitere Fragen zu stellen, schlüpfte Poiccart im Windschatten von Peter Roos durch die Eingangstür. Im Flur blickte sich Roos nach ihm um und grinste.

»Jetzt wissen sie erst recht nicht, woran sie sind«, sagte er. »Erlauben Sie mir die Feststellung, daß ich Ihre Theorie für ziemlich an den Haaren herbeigezogen halte, Mr. Poiccart.«

Poiccart hob die Brauen. »Abwarten, Peter«, sagte er und steuerte auf das Büro des Direktors zu. Er trat ein, ohne anzuklopfen, und wie er es erwartet hatte, erkannte ihn der Direktor nicht wieder.

»Entschuldigen Sie die Störung«, begann Poiccart sofort und trat dicht an den Schreibtisch heran. »Mein Name ist Poiccart vom Silbernen Dreieck. Ich möchte mir mit Ihrer Genehmigung mal den Waschraum ansehen, in dem James Curry zu Tode gekommen ist.«

Der Direktor blickte Peter Roos finster an. »Scotland Yard führt den Laden hier«, sagte er ärgerlich. »Ich kann Ihnen die Bewilligung dazu nicht geben, Poiccart.«

»Das geht in Ordnung«, sagte Peter Roos. »Wir haben den Waschraum gründlich unter die Lupe genommen. Ich glaube nicht, daß Mr. Poiccart etwas finden wird, das unserer Spurensicherung entgangen sein könnte.«

»Das glaube ich auch nicht«, lächelte Poiccart. Er begleitete Peter Roos aus dem Office, und erst auf der Treppe hinunter in die Kellerräume verriet ihm der junge Kriminalbeamte, daß er ihn schon als Downfield erkannt hatte.

»Inspektor Dearborn könnte in üble Schwierigkeiten geraten, wenn herauskäme, daß er Sie unter falschem Namen und falscher Identität eingeschleust hat, Mr. Poiccart. Es ist nur zu hoffen, daß wir bei der Fahndung nach Bash Jones Erfolg haben, bevor ein Disziplinarverfahren gegen ihn eingeleitet wird.«

»Und wenn er Bash Jones erwischt, wird er erneut zum Helden Londons werden! Selbst die Großen der Unterwelt werden für eine Weile respektvoll ihr Haupt beugen, wenn ihnen Philander Dearborn begegnet.«

Die Tür zum Waschraum war abgeschlossen und mit dem Siegel von Scotland Yard versehen. Peter Roos machte auf und ließ Poiccart eintreten. »Suchen Sie etwas Bestimmtes?« fragte er, als Poiccart unter den Röhren stehenblieb und sich in dem gekachelten Raum umsah. »Genau wo sie jetzt stehen, hat James Curry gehangen. Dort, wo die Kreidemarkierungen sind, lag ein Schemel, der normalerweise draußen vor der Tür steht und jeweils vom Wärter benutzt wird, der die Aufgabe hat, die Sträflinge beim Duschen zu überwachen. Wir haben Fingerabdrücke gefunden, alle von verschiedenen Gefangenen. Der einzige Fingerabdruck an dem Rohr, an dem der Strick befestigt war, ist mit dem von Bash Jones identisch.«

»Keine Abdrücke, die nicht unterzubringen waren?«

»Nein.«

Poiccart ging im Waschraum auf und ab. Es schien, als wäre er vergeblich hergekommen. Der Waschraum war sauber und trocken. Seit geputzt worden war, hatte ihn niemand mehr benutzt, wenigstens nicht zu dem Zweck, für den er eingerichtet worden war.

Poiccart blieb über einem der Abläufe stehen, die im Abstand von drei Schritten im Betonboden eingelassen waren. Jeder dieser Abläufe war mit einem Gitter aus Zinkblech versehen. Diese Gitter waren von den Gefangenen sorgfältig geputzt worden. Nur in einem steckte etwas, das Poiccart beinahe übersehen hätte.

Er bückte sich, hob mit seinem Haustürschlüssel das Gitter etwas an und zog von der anderen Seite einen Zigarettenstummel heraus, den jemand mit dem Schuh gewaltsam durch das kleine Loch hatte treten wollen.

Peter Roos, der Poiccart interessiert zuschaute, hob neugierig die Brauen.

»Was ist das?« fragte er, als Poiccart den Deckel wieder auf seinen Platz zurückgleiten ließ, ohne Anstalten zu machen, eine Erklärung abzugeben.

»Ein Beweisstück«, sagte der und erhob sich. Ein hintergründiges Lächeln umspielte seinen Mund.

»Ein Zigarettenstummel?«

»Ja. Sehen Sie ihn sich an, Peter. Dieser Zigarettenstummel ist nie mit Wasser in Berührung gekommen, sonst sähe er anders aus, nicht wahr?«

Peter Roos wiegte den Kopf. »Sie könnten recht haben, Mr. Poiccart«, gab er zurück. »Aber was hätte das in unserem Fall zu bedeuten? Daß hier drin jemand geraucht hat, obwohl Rauchen im Gefängnis verboten ist.«

»Die Sträflinge haben diesen Waschraum mit Wasser geputzt«, sagte Poiccart nachdenklich. »Ich glaube nicht, daß ihnen nach getaner Arbeit erlaubt worden ist, eine Zigarette zu rauchen.«

Peter Roos erkannte, worauf Poiccart hinauswollte. Seine Augen leuchteten, als wäre in seinem Kopf ein Lämpchen angegangen. »Der Zigarettenstummel, der zwar ziemlich lädiert aussieht, niemals aber naß geworden sein kann, muß also in das Abflußgitter gedrückt worden sein, nachdem die Gefangenen den Waschraum verlassen hatten.«

»Richtig, Peter«, nickte Poiccart anerkennend. »Jemand hat hier drin eine Zigarette geraucht und sie anschließend ausgetreten.«

»Wer?«

»Der Mörder! Wahrscheinlich hat er James Curry mit dem Strick erwürgt, bevor er ihn anschließend aufhängte, um einen Selbstmord vorzutäuschen. Nach der Tat muß er versucht haben, sein zweifellos aufgewühltes Inneres zu beruhigen. Er tat, was ihm längst zur Gewohnheit geworden war. Er griff in die Tasche, holte eine Schachtel Zigaretten heraus und steckte sich eine an. Hastig rauchte er die Hälfte davon. Viel Zeit hatte er nicht. So warf er den Stummel, der eigentlich noch kein Stummel war, sondern fast eine halbe Zigarette, auf dieses Gitter, und versuchte, ihn mit dem Absatz seines Schuhes durchzutreten.«

Peter Roos wiegte den Kopf. »Eine schöne Geschichte, Mr. Poiccart. Aber wer, außer Bash Jones, sollte ein Interesse daran gehabt haben, James Curry umzubringen?«

»Ein Mann, der das Geheimnis von Amelia Jones kennt, Peter«, sagte Poiccart, klopfte dem jungen Kriminalbeamten kameradschaftlich auf die Schulter und verließ den Waschraum. Im Gegensatz zu Peter Roos, der verständnislos hinter ihm dreinblickte, wußte er jetzt, wer James Curry ums Leben gebracht hatte.

7. Kapitel
Amelias Geheimnis

Am nächsten Morgen wartete Poiccart im Paddington-Bahnhof auf Amelia Jones. Er hatte für das Rendezvous mit ihr einen Anzug aus dem Schrank geholt, der nicht so abgetragen war wie derjenige, mit dem er sich in Deptford gezeigt hatte. Zu seiner Überraschung war auch Mrs. Jones viel besser gekleidet, als er es für möglich gehalten hätte. Ihre Kleider waren zwar einfach, aber niemand hätte in ihr eine arme Aufwartefrau vermutet.

Sie trafen sich auf dem Bahnsteig, und Mrs. Jones versicherte ihm sofort, daß niemand ihr hierher gefolgt war.

»Außer Mr. Wrangell weiß kein Mensch, daß ich überhaupt weggefahren bin. Nicht einmal Mr. Armstrong hat etwas bemerkt.«

»Das spricht nicht gerade für die Aufmerksamkeit der Detektive, die Scotland Yard zu Ihrer Überwachung abgestellt hat«, lächelte Poiccart. Während sie den Bahnsteig entlanggingen, blickte er sich einigemale verstohlen nach Verfolgern um, konnte aber tatsächlich niemand entdekken, der sich verdächtig benommen hätte.

So früh am Morgen herrschte im Paddington-Bahnhof großer Betrieb. Leute hasteten die Bahnsteige entlang, um in überfüllten Zügen zur Arbeit zu fahren. Andere hatten es nicht weniger eilig, dem Gedränge zu entkommen. Durch alle Ausgänge eilten Tausende von Menschen ins Freie, überquerten die Straßen und stürmten die roten Doppeldecker-Busse.

Poiccart hatte keine Ahnung, was Amelia Jones vorhatte. Er folgte ihr durch die Menschenmenge zum Fahrkartenschalter, wo sie zwei Billets nach Swindon löste. Der Zug fuhr schon nach einer Viertelstunde, und da es keine Sitzplätze mehr gab, standen sie auf der Hinfahrt unter anderen Leuten im Mittelgang eines Wagens, der zum Bersten voll war. Sie kamen nicht dazu, miteinander über den Fall zu reden.

In Newbury wurde der Zug aufgehalten, bis ein entgegenkommender Sonderzug auf ein Nebengleis umgeleitet worden war. Auf dem kleinen Bahnhof stiegen dann so viele Leute aus, daß Poiccart immerhin etwas Ellbogenfreiheit bekam. Es gelang ihm sogar, einen Blick aus dem Fenster zu werfen. Der andere Zug setzte sich eben in Bewegung. Poiccart sah lauter lachende Gesichter von Jungen und Mädchen an den vorbeigleitenden Fenstern.

»Ich hatte ganz vergessen, daß heute die Herbstferien beginnen«, sagte Poiccart.

Amelia Jones hörte ihm gar nicht zu. Der Zug fuhr an, und je näher sie Swindon kamen, um so unruhiger wurde sie. Einigemale schaute sie auf ihre kleine Armbanduhr. Der Zug hatte etwa fünf Minuten Verspätung.

In Swindon stiegen sie aus. Und nun sprach Amelia Jones zum erstenmal über den Zweck ihrer Reise.

»Wir müssen hier auf dem Bahnsteig bleiben«, sagte sie nervös. »Ich erwarte hier eine Person, die Sie auch sehen sollen, Mr. Lukas.«

»Ein Bekannter?«

»Bitte, stellen Sie mir noch keine Fragen«, bat Amelia Jones, während sie zur Bahnhofsuhr hinüberschaute. Poiccart war sicher, daß sie die Ankunft eines Zuges erwartete.

Erneut fuhr ein Sonderzug ein, und die Mehrzahl der Fahrgäste waren wieder Kinder. Es gab einige ziemlich bekannte Internate in dieser Gegend. Einige der Jugendlichen stiegen aus, um von hier aus andere Züge zu benutzen.

Amelia Jones reckte den Hals, um einen besseren Überblick zu bekommen. Und Poiccart sah, wie ihre Augen plötzlich aufleuchteten. Sie verließ ihn mit einem kleinen Seufzer, hastete den Bahnsteig entlang und begrüßte ein hübsches schlankes Mädchen, das an der Mütze das rotweiße Band einer berühmten Schule im Westen Englands trug.

»Oh, Mrs. Jones, es ist außerordentlich lieb von Ihnen, das sie hierher gekommen sind, um mich zu treffen«, hörte Poiccart das Mädchen sagen. »Ich wünschte, Sie würden sich nicht so viel Mühe machen. Ich wäre ebenso gerne nach London gekommen, um Sie dort zu besuchen.« Das Mädchen lachte. »Ist dies ein Bekannter von Ihnen?«

»Das ist Mr. Lukas, ein Freund«, sagte Amelia Jones schnell.

Das Mädchen streckte Poiccart die Hand hin, und ein freundliches Lächeln glitt über das schmale hübsche Gesicht mit den dunklen, warmen Augen.

»Es freut mich, Sie kennenzulernen, Sir«, sagte sie. »Mein Name ist Grace. Die Fahrt hierher war bestimmt nicht sehr angenehm. Alle Züge sind überfüllt, nicht wahr?«

»Es ist schon gut, Miss Grace«, redete Amelia Jones schnell dazwischen. »Ich dachte nur, ich würde schnell hierher fahren, um Sie wieder einmal zu sehen. Wie geht es denn auf der Schule?«

»Oh, glänzend. Ich habe sogar einen Schulpreis gewonnen. Mit einer Arbeit über Bach. Spielen Sie ein Instrument, Mr. Lukas?«

Poiccart lächelte. »Meine Mutter versuchte, aus mir einen Klaviervirtuosen zu machen, Miss Grace. Leider ist daraus nichts geworden.«

»Miss Grace spielt ausgezeichnet Geige«, sagte Amelia Jones. »Jedenfalls den Auszeichnungen nach, die sie in ihrer Schule bekommt. Leider bin ich noch nie dazu gekommen, einem Schulkonzert beizuwohnen.«

»Mrs. Jones war meine Kinderfrau«, erklärte Miss Grace. »Das war vor vielen, vielen Jahren, als meine Eltern noch lebten. Das stimmt doch, Mrs. Jones?«

Amelia nickte.

»Wie geht es denn Ihrem Mann? Ist er immer noch so streng?«

»Ach, er ist nicht so schlecht«, antwortete Amelia Jones tapfer. »Nur manchmal ist es eben schwer, mit ihm auszukommen.«

»Ich hätte eigentlich Lust, ihn einmal zu sehen.«

»Ach nein, das wäre nicht gut für Sie, Miss Grace«, sagte Amelia Jones hastig. »Das gibt Ihnen nur Ihr gutes Herz ein. Wo werden Sie denn die Ferien verbringen?«

»Ich gehe mit einigen Freundinnen nach Clifton. Molly Walker hat uns eingeladen. Sie ist die Tochter von Sir George Walker.«

Amelia Jones sah das Mädchen begeistert an, und Poiccart verstand, daß sich alle Liebe, deren diese arme Frau fähig war, auf dieses Kind konzentrierte. Sie hatte Grace aufgezogen, aber sie hatte ihr anscheinend verschwiegen, wer ihre wirklichen Eltern waren, um sie vor einer gnadenlosen Umwelt zu schützen.

Zusammen gingen sie jetzt auf dem Bahnsteig auf und ab, bis der Anschlußzug einfuhr. Miss Grace verabschiedete sich höflich von Poiccart, und dann umarmte sie Amelia Jones und drückte ihr einen Kuß auf die Wange.

»Wir sehen uns über Weihnachten«, sagte sie, als sie schon auf dem Trittbrett stand. Dann verschwand sie im Wagen.

»Ein fröhliches junges Mädchen«, stellte Poiccart fest.

»Ich werde Grace vielleicht nie wiedersehen«, flüsterte Amelia Jones. Sie wischte sich mit einem weißen Tuch die

Augen aus, während der Zug langsam anfuhr. Grace winkte von ihrem Abteil herüber. Poiccart winkte zurück und legte einen Arm um Amelias Schultern.

»Wir werden jetzt erst einmal zusammen einen Kaffee trinken«, sagte er, und während der Zug aus dem Schatten der Bahnhofshalle in den Nebel hinausglitt, führte er Amelia Jones zum Bahnhofsrestaurant.

Amelia Jones war jetzt bereit, ihm ihre Geschichte zu erzählen, und während sie Kaffee tranken, hörte ihr Poiccart so aufmerksam zu, als hätte er von nichts eine Ahnung. Er unterbrach sie nur, als er zahlte, ließ sie auf dem Weg zum Bahnhof weitererzählen und dann im leeren Abteil des Zuges, mit dem sie nach London zurückfuhren. Und während sie ihm ihr Leben erzählte, versuchte Poiccart zu ergründen, wieviel davon zu jener Wahrheit paßte, die er von Bash Jones im Gefängnis von Devizes erfahren hatte.

»Unsere Grace war noch keine zwei Jahre alt, als ihr Vater in Schwierigkeiten kam. Er war schon immer ein brutaler Mensch, und ich bin jetzt fest davon überzeugt, daß die Polizei seit seiner frühesten Jugend ein wachsames Auge auf ihn hatte. Als ich ihn heiratete, wußte ich das noch nicht. Er brach in das Haus ein, in dem ich Kindermädchen war, und ich wurde damals entlassen, weil man mich der Beihilfe zum Einbruch verdächtigte.«

Amelia Jones lauschte ihren Worten nach, als sollten diese Erinnerungen wachrufen, die sie im Laufe der Jahre zu vergessen versucht hatte.

»Ich hatte die Küchentür für ihn offenstehen lassen, weil wir uns heimlich treffen wollten. Ich hatte ja keine Ahnung, daß er ein Dieb war und ein Einbrecher. Man erwischte ihn und verurteilte ihn zu einer langen Gefängnisstrafe. Als er wieder herauskam, schwor er, er würde nie wieder ins Gefängnis zurückkehren. Er sei bereit zum Töten. Er hatte den Entschluß gefaßt, sich nie mehr ohne Gegenwehr verhaften zu lassen. Ich dachte erst, es sei ihm nicht ernst damit. Ich dachte, daß er sich nur aufspielen wollte vor seinen Freunden. Außerdem blieb er jetzt nachts öfter zu Hause. Er war ruhiger geworden. Aber dann überredeten ihn seine Freunde, sich an einem Einbruch in das Haus eines bekannten Buchmachers zu beteiligen. Bash kannte den Buchmacher. Er hatte einmal für ihn gearbeitet. Das war vor seiner ersten Gefängnisstrafe gewesen, und soviel ich weiß, hat es bald Differenzen zwischen ihnen gegeben. Bash schlug ihn eines Tages nieder und lief davon. Vor Gericht gab der Buchmacher dann ein übles Leumundszeugnis ab, das wahrscheinlich zu der langen Haftstrafe beitrug. Nun, fast zwei Jahre danach, bekam Bash die Gelegenheit, sich an dem Buchmacher zu rächen. Bash und seine Komplizen brachen in das entlegene Haus ein. Sie erbeuteten nahezu neuntausend Pfund. Sie verübten den Einbruch an einem Renntag. Bash wußte, daß an diesem Tage eine ganz schöne Summe Bargeld im Haus versteckt war, das auf dem Pferderennplatz eingenommen worden war. Man konnte also später die Herkunft der Banknoten nicht nachweisen. Ich dachte zuerst, daß er den Mann unmöglich umgebracht haben konnte. Nicht auf eine so kaltblütige Art. Als er zurückkam, sagte er mir sofort, daß etwas Schlimmes passiert war und daß er auf meine Hilfe angewiesen sei. Ich tat alles, was er von mir verlangte. Er war ja mein Mann. Und Grace war sein Kind. Er gab mir Geld. Viel Geld. Ich sollte es so lange verwahren, bis Gras über die Sache gewachsen war. Ich mußte die Banknoten in einen alten Weinballon stopfen, der halb mit Sand gefüllt war, dann fest verkorken und den Flaschenhals über und über mit geschmolzenem Stearin begießen, damit kein Wasser eindringen konnte. Später versenkte ich ihn in einer Zisterne, die man durch die Hintertür unserer Wohnung erreichen konnte. Ich war fast wahnsinnig vor Angst, weil ich glaubte, man würde ihn erwischen und für den Mord an dem Buchmacher zum Tode verurteilen, egal, ob er diesen begangen hatte oder nicht. Er hielt sich lange versteckt. Ein junger Kommissar besuchte uns und stellte mir einige Fragen. Ich sagte ihm, daß ich keine Ahnung hätte, wo mein Mann sich aufhalten würde. Ich vernahm jetzt zum erstenmal, daß es anscheinend Beweise gab, nach denen nur Bash Jones den Buchmacher umgebracht haben konnte. Danach war Bash einfach in das Schlafzimmer des Mannes gegangen und hatte ihn mit einem Stück Stahlrohr totgeschlagen. Ich war außer mir. Und nachdem der Kommissar gegangen war, sagte ich Bash, daß ich ihn nicht mehr schützen würde. Er kriegte einen seiner schlimmen Wutanfälle, und noch am selben Abend verließ er das Versteck im Haus. Er traf sich mit einem seiner Komplizen. Zusammen wollten sie nach Nordengland fahren, aber am Euston-Bahnhof wurden sie von einigen Scotland-Yard-Beamten gestellt. Bashs Freund wurde beim Fluchtversuch getötet. Bash selbst wurde von dem jungen Kommissar überrumpelt und festgenommen, bevor er dazukam, sich zur Wehr zu setzen. Es stand damals in allen Zeitungen, wie mutig dieser Kriminalbeamte gewesen war.«

»Dearborn«, sagte Poiccart, als sie einmal abbrach und versonnen aus dem Fenster blickte.

»Bitte?«

»Philander Dearborn hieß der Beamte.«

»Ach ja, jetzt fällt mir der Name auch wieder ein.« Sie lächelte. »Er war ein gutaussehender und höflicher Mann. Ich bewunderte ihn damals. Ich wünschte mir, einen Mann wie ihn zum Vater meines Kindes zu haben.«

»Aber Graces Vater war ein Verbrecher?«

»Ja. Bash bekam fünfzehn Jahre Zuchthaus, und er wäre schon vor zwei Jahren entlassen worden, wenn er sich ordentlich benommen hätte.«

»Sie müssen schon seit Jahren in Furcht und Sorge leben, nicht wahr?«

Sie nickte. »Gott sei Dank wurde seine Strafe verlängert. Damals, als man ihm fünfzehn Jahre aufbrummte, dachte ich, das ist eine Ewigkeit. Ich mußte nun meine Lage überdenken, und natürlich galt meine Sorge in erster Linie meinem Kind. Es war mir klar, welch trauriges Los Grace bevorstand, wenn sie mit dieser schrecklichen Vergangenheit aufwuchs, mit einem Vater, der nur deshalb nicht lebenslänglich erhielt oder mit dem Tode bestraft wurde, weil man ihm den Mord an dem Buchmacher dann doch nicht einwandfrei nachweisen konnte. Die Zukunft sah für uns beide traurig aus. Wir waren dazu verdammt, in einem Elendsquartier von London Unterschlupf zu suchen und darauf zu hoffen, daß uns nie jemand erkannte. Allerdings hatten wir ja noch das Geld, nach dem die Polizei vergeblich fahndete. So wartete ich, bis die Zeitungen nichts mehr darüber schrieben. Fast ein Jahr wartete ich, bis ich dann die Flasche aus dem Brunnen holte und das Geld an mich nahm. Ich hatte zuerst Angst, man würde mich noch immer beobachten. Aber dann verlor ich diese Furcht. Ich will Ihnen nicht erzählen, wie ich nach London fuhr und zunächst einmal gute Kleider kaufte, nur damit mich niemand mehr als arme Aufwartefrau erkennen konnte. Neuntausend Pfund waren ein Vermögen, und die Bankleute wären vielleicht mißtrauisch geworden, wenn ich versucht hätte, in meinen alten Kleidern mit ihnen Geschäfte zu machen.«

Amelia Jones lächelte. Es gab scheinbar Erinnerungen, die guttaten.

»Ich kaufte wertbeständige Aktien. Ich habe zwar keine gute Erziehung genossen und keine höhere Schule besucht, aber ich habe monatelang die Zeitungen gelesen und immer die Börsenberichte genau studiert. Zuerst verwirrten mich die vielen Zahlen, und ich wußte nicht, was ich daraus machen sollte. Aber allmählich verstand ich sie immer besser, und schließlich kaufte ich amerikanische Ölaktien. Ich übergab sie einem Rechtsanwalt in Bermondsey, den ich zum Verwalter des Vermögens machte. Meine Tochter erhält vierteljährlich die Zinsen und bezahlt davon alle ihre Rechnungen. Ich selbst habe niemals einen Schilling von dem Geld angerührt.«

Amelia Jones blickte Poiccart von der Seite an, als wollte sie herausfinden, ob er ihr glaubte oder nicht.

»Bald sind wir wieder in London«, sagte er und zeigte hinaus. »Dort hinten sind die Sümpfe von Devizes.«

Sie zuckte zusammen, als hätte er nach ihr geschlagen. »Man wird ihn doch erwischen, nicht wahr?«

»Vielleicht werde ich ihn erwischen«, sagte Poiccart. »Auf jeden Fall muß er zuerst mich aus dem Weg räumen, wenn er Ihnen etwas tun will, Amelia.«

Sie senkte kurz die Lider. »Ich habe alles für Grace getan«, sagte sie leise. »Ich mußte sie von dieser schrecklichen Vergangenheit befreien und aus unserer armseligen Umgebung wegbringen. Mir brach beinahe das Herz, als ich endlich entschied, mich von ihr zu trennen. Ich schickte sie in ein Heim für kleine Kinder, bis sie alt genug war, um in die Schule zu gehen. Ich besuchte sie nur in größeren Abständen. Schon bei meinem ersten Besuch merkte ich, daß sie einiges vergessen hatte. Sie wußte nicht einmal mehr, wer ich war, und so gab ich mich als ihre Kinderfrau aus. Nun wissen Sie alles, Mr. Lukas, und ich bitte Sie, niemandem auch nur ein Wort davon zu erzählen. Es wäre schrecklich, wenn Grace die Wahrheit erfahren müßte.«

Poiccart schwieg eine Weile. »Weiß Ihr Mann davon?« fragte er dann.

»Er weiß, daß ich das Geld verbraucht habe.« Sie starrte

geistesabwesend aus dem Fenster. Die ersten Häuser der Außenbezirke von London huschten vorbei. »Er weiß auch, daß Grace auf einer guten Schule ist und daß ich ihr verschwiegen habe, wer ihr Vater ist.«

»Und deshalb haßt er Sie so, daß er Sie umbringen will?«

»Ja. Er sieht dies alles als einen Betrug an, als einen Verrat meinerseits. Wenn Sie ihn kennen würden, wüßten Sie, daß er nicht der Mann ist, der Niederlagen erdulden kann. Er haßt mich für das, was ich getan habe, und er haßt meine Tochter.«

Poiccart lehnte sich zurück. Dies also war Amelia Jones' Wahrheit. Er schloß für einen Moment die Augen und sah das eckige Gesicht Bash Jones' vor sich, und er fragte sich, ob er wirklich die Wahrheit erfahren wollte.

»Glauben Sie nicht, daß Bash Jones zur Vernunft kommen wird? Leute wie er drohen zwar häufig, aber dabei bleibt es dann auch.«

»Bash Jones stößt keine leeren Drohungen aus, wenn Sie das meinen, Mr. Lukas. Das hat er nie getan. Und ich weiß, daß er Leute im Gefängnis über alles ausgefragt hat. Leute aus Deptford, die uns beide kannten. Es war ihm wichtig zu erfahren, wo ich mich nachts aufhalte, wann ich zu Bett gehe, welche Beschäftigung ich tagsüber habe und anderes mehr.«

»Welche Leute aus Deptford würden ihm denn solche Informationen zukommen lassen?« fragte Poiccart.

»Schurken. Einmal, da wurde George Dillingham eingesperrt. Wegen eines Diebstahls. Bash Jones hat ihn ausgefragt. Und Terry Bolton, ein Scheckbetrüger.« Amelia Jones griff spontan nach Poiccarts Hand und drückte sie fest. »Ich weiß nicht, was ich tun soll. Ich kann diese Geschichte doch nicht der Polizei erzählen. Grace würde alles erfahren. Ihr Leben wäre zerstört.«

Poiccart gab ihr recht.

»Wir werden uns etwas einfallen lassen«, versprach er. »Wissen Sie, ich bin ein Mann, der die Gerechtigkeit liebt. Sie haben sich in Ihrem Leben großartig verhalten, Amelia, und ich bin bereit, alles zu tun, um diesen Verbrecher daran zu hindern, Ihr Leben und das von Grace zu zerstören.«

Sie sah ihn mit großen Augen an. »Das würden Sie tun?« fragte sie zögernd.

Poiccart nickte. »Ja, das würde ich im Namen der Gerechtigkeit tun.«

8. Kapitel
Die richtige Wahrheit

Zwei Tage lang wartete Poiccart ungeduldig auf einen Anruf. Er verließ das kleine Haus in der Curzon Street nur noch am Morgen, um die Zeitung und die Brötchen zu holen. Selbst als ein paar Lebensmittel knapp wurden, weigerte er sich, zum Einkaufen zu gehen. Er schrieb auf einen Zettel, was gebraucht wurde, und überließ es Manfred, die richtigen Läden aufzuspüren.

»Du weißt, daß mir solche Arbeiten nicht liegen«, brummte Manfred, als er einmal anstatt frischer Butter ein Pfund Kochbutter nach Hause brachte. »Ich komme mir dämlich genug vor, wenn ich zwischen all den Hausfrauen am Ladentisch stehe und runterlesen muß, was du mir aufgeschrieben hast.«

Poiccart ließ sich auf keine Diskussionen ein. Er schickte Manfred mit der Kochbutter zurück, und damit hatte es sich.

Es war am Abend des zweiten Tages, als sich Bash Jones endlich meldete. Manfred saß in einem Polstersessel unter der Leselampe und blätterte in einem Magazin herum. Unter seinen buschigen Brauen hervor blickte er zu Poiccart auf, der aus der Küche gestürzt kam, eine weiße Schürze umgebunden und ein Büschel Petersilie in der linken Hand.

Er riß den Hörer förmlich von der Gabel.

»Poiccart«, meldete er sich. Und dann: »Hören Sie, Jones, ich nehme den Anruf auf mein Zimmer. Bitte gedulden Sie sich einen Moment.«

Manfred tat, als gehe ihn die Sache nichts an.

»Guck mal vorsorglich in den großen Topf, der auf dem Herd steht«, sagte Poiccart, während er durch das Wohnzimmer eilte. »Und leg auf, wenn ich oben abgenommen habe.«

Manfred legte das Magazin weg. Er erhob sich und ging zu dem kleinen Tischchen, auf dem die chinesische Vase stand, ausnahmsweise mit einem bunten Herbstblumenstrauß und nicht mit Astern. Als er aus dem Hörer Poiccarts Stimme vernahm, nahm er ihn vom Tisch und legte ihn sanft auf die Gabel. Dann ging er in die Küche und hob den Deckel eines Kochtopfes. Der heiße Dampf verbrannte ihm beinahe die Nase, und er knallte den Deckel heftig auf den Topf zurück. Anstatt sich weiter um das Essen zu kümmern, drehte er den Herd ab; kehrte ins Wohnzimmer zurück und zog die Vorgänge zu. Dann wartete er, bis Poiccart wieder zum Vorschein kam. Noch immer hatte dieser die Petersilie in der Hand.

»Ich habe den Herd abgedreht«, sagte Manfred, als er sah, wie Poiccart entsetzt in die Küche stürzen wollte. »Sag mir lieber, was du mit Bash Jones ausgemacht hast.«

»Ich habe ihn gewarnt.«

»Und? Ich hoffe, er nimmt die Warnung ernst.«

»Er ist so nahe an Deptford herangekommen, daß er die Kirchturmuhr läuten hören kann.« Poiccart ging in die Küche. »Ich werde morgen früh nach Deptford fahren«, sagte er. »Kommst du hier allein zurecht?«

»Leon kommt morgen zurück«, sagte Manfred vom Wohnzimmer her. »Braungebrannt und erholt. Wetten, daß er als Souvenir ein Stierkampfplakat mitbringt?«

»Und Fotos von spanischen Gesichtern.« Poiccart tat Wasser in den Kochtopf. »Du hättest nur auf Sparflamme drehen und ab und zu rühren sollen, George«, sagte er. »Jetzt ist alles ziemlich eingetrocknet.«

Manfred, der sich im Wohnzimmer aufgehalten hatte,

kam in die Küche. »Bist du sicher, daß du diesem gefährlichen Verbrecher gewachsen bist, Raymond?« fragte er, während er Poiccart beim Kochen zuschaute.

»Ich werde ein paar Vorbereitungen treffen müssen«, erwiderte Poiccart. Er blickte kurz auf. »Mach dir nur keine Sorgen um mich. Ich werde schon auf mich aufpassen.«

Am nächsten Tag fuhr Poiccart zuerst in die Londoner Innenstadt und tätigte ein paar Einkäufe, die nichts mit dem Haushalt in der Curzon Street zu tun hatten. Gegen Mittag rief er Amelia Jones an und verabredete sich mit ihr im Paddington-Bahnhof. Sie war furchtbar erregt und verängstigt. »Man wird ihn niemals erwischen, bevor er nicht seine Rachepläne ausgeführt hat«, sagte sie durchs Telefon. »Ich weiß gar nicht mehr, was ich machen soll.«

»Sie sollen mir vertrauen, Amelia«, sagte Poiccart beruhigend. »Ich habe alles vorbereitet.«

»Was wollen Sie tun?«

»Ich werde ihm eine Falle stellen.«

»Oh, Sie bringen sich meinetwegen in Gefahr, Mr. Lukas. Das möchte ich nicht.«

»Wir treffen uns heute nachmittag. Der Zug verläßt Deptford um vier Uhr fünfzehn. Können Sie unbemerkt wegkommen?«

»Ja. Ich glaube schon. Der Beamte, der mich heute überwacht, macht keinen besonders zuverlässigen Eindruck.«

»Gut. Dann sehen wir uns. Bringen Sie ein paar Sachen mit. Sie werden die Nacht in London verbringen. Bei ein paar Freunden von mir.«

»Niemals. Ich lasse Sie nicht allein, wenn es . . .«

»Keine Widerrede, Mrs. Jones!« fuhr ihr Poiccart ins Wort. »Es geht nicht anders. Also, wir sehen uns.« Er hängte ein, und er wußte, daß sie darauf bestehen würde, bei ihm zu bleiben, wenn sie sich im Paddington-Bahnhof trafen.

Poiccart rief noch zu Hause an. Manfred hob ab.
»Ist Leon schon zurück?«
»Nein. Wo bist du?«
»Ich fahre mit dem nächsten Bus zum Paddington-Bahnhof raus.«
»Herrgott, ich hätte nie gedacht, daß ich mir eines Tages um dich solche Sorgen machen muß!«
»Das ist nett von dir, leider aber völlig unnötig. Ich habe alles bestens vorbereitet.«
»Paß lieber auf dich auf. Mir ist deine neue Freundin nicht geheuer, hörst du.«
»Sie ist harmlos.«
»Hoffentlich täuschst du dich nicht in ihr. Soll ich Dearborn Bescheid geben?«
»Tu das. Er soll sich bereithalten, wenn er Bash Jones zum zweitenmal dingfest machen will.«
Manfred versprach, dem Inspektor sofort mitzuteilen, daß die Falle Poiccarts demnächst zuschnappen würde.

Um halb fünf traf sich Poiccart mit Amelia Jones auf dem Bahnsteig im Paddington-Bahnhof.
Sie sah blaß aus. Übernächtigt. In aller Eile hatte sie sich etwas hergerichtet. »Glauben Sie, daß er schon in der Nähe von Deptford ist?« fragte sie ihn nervös.
»Ich bin sogar sicher, daß er heute nacht oder morgen nacht versuchen wird, in Ihre Wohnung einzudringen. Sie haben doch die Schlüssel mitgebracht, nicht wahr?«
»Ja«, erwiderte sie erstaunt. »Wollen Sie denn in meiner Wohnung auf ihn warten?«
»Die Wohnung ist die Falle«, gab Poiccart zu. »Aber das genügt jetzt. Ich werde Sie zum Taxistand bringen. Sie werden ein Zimmer in einer kleinen Pension in Bayswater beziehen, bis alles vorbei ist.«
Sie schüttelte den Kopf. »Niemals!« widersprach sie be-

stimmt. »Ich werde Sie niemals allein nach Deptford fahren lassen, Mr. Lukas. Nein, Sie brauchen sich gar nicht länger zu bemühen. Sie wissen, ich habe mich in meinem Leben gegen vieles durchsetzen müssen, und ich werde mich auch diesmal nicht von meinem Entschluß abbringen lassen.«

»Mrs. Jones, es kann gefährlich werden«, mahnte Poiccart.

»Das weiß ich.«

Er sah ein, daß es keinen Sinn hatte, sich mit ihr zu streiten, zumal dies ohnehin nicht in seiner Absicht lag. »Well«, lächelte er, »dann sind Sie eben vergeblich hierhergefahren.«

Sie hakte sich bei ihm ein, und zusammen gingen sie zum Fahrkartenschalter. Poiccart löste ein Billett nach Deptford. Hin und zurück.

In Deptford suchten sie sofort Henry Armstrong auf, in dessen Haus Amelia Jones wohnte. Poiccart weihte ihn in seinen Plan ein, und Armstrong versprach, den Beamten im Schankraum so lange abzulenken, wie es nötig war. »Der ist ein heimlicher Trinker«, sagte er. »Bis es dunkel wird, habe ich ihn soweit, daß er im Schankraum unterm Tisch schläft.«

Es war ein regnerischer, windiger Abend, an dem die Leute es vorzogen, daheim zu bleiben. So gelangten Amelia Jones und Raymond Poiccart unbemerkt in die Mill Street, wo sich das kleine, doppelstöckige Wohnhaus Armstrongs befand. Erst nachdem Amelia ihm die Wohnungstür aufgeschlossen hatte, fragte sie ihn, was denn seine schwarze Tasche enthielt.

»Ein paar Hilfsmittel«, sagte er ohne zu zögern. »Bash Jones ist ein außergewöhnlich kräftiger Mann, nicht wahr?«

Sie machte die Tür hinter sich zu. »Ja, das stimmt. Es wird schwierig sein, ihn zu überwältigen.«

»Ich werde nicht versuchen, ihn zu überwältigen«, sagte Poiccart, und er war selbst von der eisigen Kälte seiner Stimme überrascht. Er sah, wie sich ihre Augen weiteten. Sie wollte etwas sagen, aber dann wandte sie sich von ihm ab und machte Licht.

Poiccart sah sich kurz in der Wohnung um. Sie war einfach, aber hübsch eingerichtet. Im Schlafzimmer befand sich ein Doppelbett, ein Schrank und eine Kommode mit Spiegel. Auf dem Nachttisch stand ein goldgerahmtes Bild, das Grace zeigte. Und über dem Bett hing ein billiges Ölgemälde. Schäumende Wellen, die im Licht des Vollmondes ein Korallenriff überspülten.

Poiccart stellte seine schwarze Tasche auf die Kommode und nahm den wichtigsten Gegenstand, einen großen, runden Glasbehälter, heraus.

Nachdem er sorgfältig eine schwarze Perücke darübergezogen hatte, hob er ihn hoch. Er blickte Amelia Jones mit ernstem Gesicht an.

»Da ist Chlorgas drin«, sagte er düster.

Ihre Brauen hoben sich. »Chlorgas?« fragte sie.

Er nickte. »Die Wirkung ist hundertprozentig. Er wird nicht einmal dazukommen, die Fenster aufzureißen.«

»Das . . . das ist ja schrecklich«, preßte sie hervor.

»Ja. Aber notwendig bei einem Mann wie ihm. Oder wollen Sie das Risiko eingehen, daß er noch einmal davonkommt?«

Sie senkte erst den Kopf, dann schüttelte sie ihn. »Ich vertraue Ihnen«, sagte sie.

Poiccart verlangte von ihr ein paar Kleidungsstücke, die er zusammenrollte und unter die Bettdecke schob. Dann legte er den Glasbehälter auf das Kopfkissen, so daß er von dem welligen Haar bedeckt war. Poiccart tat alles mit der Sorgfalt eines Mannes, der genau wußte, daß er keinen Fehler machen durfte. Schließlich trat er ein paar Schritte zurück und betrachtete mit Genugtuung sein Werk.

»Im Dunkeln wird ihm nichts auffallen«, sagte er. »Kommen Sie. Ich will mich vergewissern, daß er ohne Schwierigkeiten durch das Tor im Zaun in den Garten eindringen und zur Hintertür gelangen kann.«

Amelia Jones wich nicht mehr von seiner Seite. Zusammen gingen sie hinaus. Das kleine Tor im Gartenzaun hing schief in den Angeln und konnte gar nicht abgeschlossen werden. Die Hintertür in das schmale Treppenhaus ließ Poiccart ebenfalls offen. Beruhigt, das alles wie geplant klappen würde, kehrte er mit Amelia Jones in die Wohnung zurück. Er machte noch einmal die Tasche auf. Er entnahm ihr zwei Gegenstände, bei deren Anblick Amelia Jones einen erschreckten Seufzer ausstieß.

Poiccart lächelte. »Sie können sich mit eigenen Augen davon überzeugen, daß er Ihnen niemals gefährlich werden kann«, sagte er und legte seine Hand auf die ihre. Irgendwie fühlte er sich in diesem Moment ziemlich elend, aber was er angefangen hatte, wollte er jetzt im letzten Moment nicht mehr aufgeben.

Die Fenster des Schlafzimmers waren mit einem billigen Kattunvorhang verhüllt. Dahinter standen Amelia Jones und Poiccart dicht beisammen und warteten.

Die Stadt war still. Von den ausgedehnten Sümpfen her strichen Nebelschwaden durch die engen Straßen und Gassen, hüllten die kleinen Häuser ein, bewegten sich gespensterhaft über die Felder. Irgendwo in der Ferne bellte ein angeketteter Hofhund. Das Licht einer Straßenlaterne fiel durch das Fenster.

»Sobald er kommt, kauern wir nieder. Bis unter den Sims. Damit er nicht auf dem Vorhang unsere Schatten sieht«, sagte Poiccart leise.

Sie gab ihm keine Antwort.

Unten, auf der Straße, gingen Männer vorbei. Späte Zecher. Henry Armstrong machte jetzt bestimmt sein Wirtshaus zu. Es war lange nach Mitternacht. Ein Uhr vielleicht. Oder halb zwei. Poiccart warf einen Blick auf seine Uhr.

Die Männer blieben unten stehen. Sie lachten. Dann blickten sie zum Fenster hoch, und Poiccart erkannte einen von ihnen. Es war der Beamte, der auf Amelia Jones hätte aufpassen sollen.

Schließlich gingen sie alle weiter. Wahrscheinlich hatte einer von ihnen die anderen alle zu sich nach Hause eingeladen.

Über die Dächer der gegenüberliegenden Häuser hinweg konnte Poiccart die kahlen Hügelrücken sehen, dahinter einen dunklen Strich. Das war eine schmale Waldzunge, hinter der sich die Sümpfe ausbreiteten. Über dem Nebel in der Niederung sahen die Hügel aus wie Inseln.

Die Kirchturmuhr schlug zweimal, als die Hintertür knarrte. Poiccart merkte, wie Amelia Jones neben ihm zusammenzuckte. Ihre Finger krallten sich in seinen Arm. »Das . . . das ist er«, stieß sie leise hervor.

»Bitte, seien Sie still«, flüsterte er. »Er darf uns nicht entdecken.«

Langsam kauerten sie nebeneinander nieder, und er bedeutete ihr, die nötigen Vorbereitungen zu treffen.

Die Holzstufen der schmalen Treppe knarrten. Dann war es plötzlich still. Totenstill.

Minuten verstrichen. Nichts geschah. Trotzdem konnte Poiccart förmlich spüren, wie nahe Bash Jones gekommen war. Amelia Jones, die neben ihm kauerte, begann plötzlich heftig zu atmen. So, als wäre sie gerannt.

Er legte einen Arm um sie. »Er kommt jetzt herein«, flüsterte er.

Kaum hatte er ausgesprochen, bewegte sich die Wohnungstür. Ein Mann tauchte im Türrahmen auf. Ein großer, breitschultriger Mann, der keinen Hut trug. Gewandt und geschickt kam der Mann den Flur entlang auf die halb geöffnete Schlafzimmertür zu. Poiccart konnte ihn durch einen schmalen Spalt im Vorhang sehen. Er blieb im Türrahmen stehen und blickte zum Bett hinüber. Seine rechte Hand glitt unter den langen schwarzen Mantel und kam mit einem Gegenstand zum Vorschein, der aussah wie ein Stück Rohr.

Behutsam ging der Eindringling näher an das Bett heran. Er machte auf dem Teppich nicht das geringste Geräusch. Das schwache Licht, das durch den Vorhang sickerte, beleuchtete sein angespanntes Gesicht mit den tagealten Bartstoppeln. Seine Augen lagen in tiefen, dunklen Höhlen. In seiner mächtigen Faust hielt er das Stück Rohr.

Neben dem Bett blieb er noch einmal stehen. Vermutlich lauschte er, ob sich irgend etwas regte.

Nichts.

Kein Laut war zu hören. Sogar der Hund hatte aufgehört zu bellen.

Poiccart hielt den Atem an. Er sah, wie Bash Jones langsam den Arm hob. Das Stück Rohr schimmerte matt, als er hoch über seinem Kopf zum Schlag ausholte und im nächsten Moment mit furchtbarer Gewalt auf die vermeintliche Frau einschlug.

Bash Jones hatte nicht den geringsten Laut von sich gegeben, bis er das Splittern des Glases hörte. Nun stieß er einen wilden Fluch aus und riß die Bettdecke zurück. Zum Vorschein kamen die zusammengerollten Kleider seiner Frau. Für einige Sekunden rührte sich Bash Jones nicht vom Fleck. Und dieses Zögern wurde ihm zum Verhängnis, denn das Gas, das unter vielen Atmosphären Druck im Glasbehälter komprimiert gewesen war, erfüllte sofort den ganzen Raum. Bash Jones hustete, keuchte und wandte sich zur Flucht.

Weit kam er nicht. Schon nach wenigen Schritten taumelte er plötzlich. Er griff mit beiden Händen zum Hals, wankte wie ein Blinder im Raum umher und stieß gegen den Schrank. Wie ein Ertrinkender nach Luft schnappend, stürzte er vornüber und fiel auf den Teppich.

Mit zittriger Hand griff Amelia Jones nach dem Vorhang und zog ihn zurück. Mondlicht fiel jetzt auf die Gestalt des riesigen Mannes, der sich am Boden zusammenkrümmte, umhüllt von den gelblichen Nebeln des Gases.

Poiccart erhob sich und half Amelia auf die Beine. Sie gingen auf Bash Jones zu, der sich noch einmal hochstemmen wollte. Mit dem Ausdruck ungläubigen Staunens starrte er in die runden, ungeheuer großen Augen zweier Gasmasken. Trotzdem schien er seine Frau zu erkennen. Er hob wie im Krampf die Hand, fiel aber dann zurück.

Poiccart bedeutete Amelia Jones, den Raum zu verlassen. Er selbst sammelte die Glassplitter sorgfältig ein und tat sie in einen Plastiksack, den er im Koffer unterbrachte. Mit größter Sorgfalt hängte er die Kleider wieder im Schrank auf, entfernte die Perücke, brachte das Zimmer in Ordnung und öffnete das Fenster. Dann ging er in die anderen Räume und machte überall die Fenster auf, um frische Luft hereinzulassen. Es wehte jetzt ein kräftiger Südwestwind, der den Nebel draußen zu Fetzen riß. Geisterhafte Schleier hoben sich über den entfernten Hügeln. Der Hund bellte wieder, aber diesmal war Poiccart sicher, daß da draußen nicht Bash Jones in der Nacht herumschlich wie ein Raubtier auf der Suche nach einer leichten Beute.

Er nahm Amelia am Arm und führte sie aus dem Haus. Erst im Garten nahmen sie beide die Gasmasken ab, und Poiccart verstaute sie im Koffer. Amelia legte ihren Kopf gegen seine Schulter und schluchzte leise.

»Jetzt droht von ihm keine Gefahr mehr«, sagte Poiccart. »Morgen wird man ihn finden, und kein Mensch wird wissen, wie er zu Tode gekommen ist.«

»Ist er ... wirklich tot?« preßte Amelia Jones mit tränenerstickter Stimme hervor.

Poiccart nickte. »Sollen wir nachschauen?« fragte er. Sie schauderte und klammerte sich voller Angst an ihm fest.

Henry Armstrong erwartete sie an der Hintertür des Gasthauses. »Ist er gekommen?« fragte er neugierig, als er ihnen aufmachte.

»Er kam um zwei Uhr«, sagte Poiccart.

Armstrong schnaufte durch die Nase aus. »Und? Hat alles geklappt?«

»Er ist tot.«

»Wirklich?« Er blickte Amelia an.

Sie nickte. »Ja, er ist tot, Henry. Mr. Lukas hat ihn umgebracht.«

»Wie?«

»Das sage ich lieber nicht«, sagte Poiccart.

»Scotland Yard wird das schon herauskriegen«, sagte Armstrong. »Keine Sorge, die finden alles heraus.« Er grinste schief. »Außerdem, mein lieber Lukas, war ja Amelia dabei, nicht wahr.«

»Sie wird nie etwas verraten«, sagte Poiccart, und er blickte sich nach Amelia Jones um.

Aber in diesem Moment erkannte er, daß er richtig gespielt hatte. Amelia Jones hatte ihm nicht die Wahrheit gesagt. Ihr wirkliches Geheimnis war ein anderes. Jetzt starrte sie ihn an, und in ihren Augen leuchtete ein kalter Glanz. Ihr Gesicht war hart, und sie trat an die Seite von Henry Armstrong. »Ich habe alles gesehen«, sagte sie. »Er hat ihn mit Gas umgebracht. Mit Chlorgas.«

Poiccart schüttelte mit gespielter Entgeisterung den Kopf. »Amelia ...«, stieß er hervor. »Ich habe es doch für dich getan. Ich habe Bash Jones wegen dir umgebracht. Damit dir keine Gefahr ...«

»Du kannst versuchen, das dem Inspektor weiszumachen, Lukas«, sagte Henry Armstrong voller Hohn. »Ich denke jedoch nicht, daß er dir glauben wird. Ein verkappter Advokat bringt einen entlaufenen Sträfling um. Aufzuregen brauchst du dich darüber nicht, denn morgen wirst du der Held des Tages sein. Und für diesen Mord wird dir kein Gericht einen Strick drehen können, weil es eindeutig feststeht, daß Bash Jones in die Wohnung von Amelia eingedrungen ist, um sie umzubringen.«

»Ich ... ich weiß nicht ...« Poiccart senkte den Kopf.

Henry Armstrong lachte und ging hinter die Theke. »Ich glaube, du kannst einen Drink vertragen, Lukas. Weißt du, eigentlich tust du mir beinahe leid. Du hast immer gedacht, daß du dies alles für Amelia tust, aber im Grunde genommen warst du nur eine Figur in meinem Plan. Du hast genau das gemacht, was ich wollte, Lukas.«

Poiccart hob den Kopf. »Das verstehe ich nicht«, sagte er stockend.

Henry Armstrong goß zwei Gläser voll Gin, eines für sich. Das andere schob er Poiccart zu, der mit zitternder Hand danach griff.

»Das brauchst du auch gar nicht zu verstehen, Lukas«, sagte der Wirt und hob sein Glas. »Worauf wollen wir trinken? Auf deine Hilfsbereitschaft oder auf die Höllenfahrt von Bash Jones?«

Poiccart hob sein Glas. Jetzt lächelte er. »Warum trinken wir nicht auf die Zukunft von Grace?«

Armstrong hob die Brauen. Er wechselte einen Blick mit Amelia.

Sie schüttelte kaum merklich den Kopf. »Er hat sie nur gesehen«, sagte sie.

»Ein nettes Mädchen, Mr. Armstrong«, sagte Poiccart. »Man sollte nicht meinen, daß ein Verbrecher ihr Vater ist.«

Henry Armstrong grinste. »Er ist auch nicht ihr Vater«, sagte er und legte Poiccart die Hand auf die Schulter, als wäre dieser sein bester Freund. »Ich bin ihr Vater, Lukas, und das war die ganze Zeit Amelias Geheimnis.«

Amelia Jones entfernte sich ein paar Schritte. »Warum mußtest du ihm das verraten, Henry«, sagte sie ärgerlich. »Er wußte von nichts. Er hatte keine Ahnung von nichts.«

»Warum soll er es nicht wissen? Jetzt kann uns niemand mehr gefährlich werden, nicht wahr. Er schon gar nicht, denn er ist ein harmloser Winkeladvokat, der Vorträge über das Eigenvermögen der verheirateten Frau halten muß, um sich durchs Leben zu bringen. Auf dein Wohl, mein Freund, und auf das Wohl von Bash Jones, der endlich dort angekommen ist, wo er längst hingehörte; in der Hölle.«

Henry Armstrong hob sein Glas. Er sah nicht, wie die Hintertür leise aufging. Erst als er merkte, wie sich die Augen von Amelia Jones weiteten, wie sie den Mund aufriß, um zu schreien, fuhr er herum. Das Glas entfiel seiner Hand. Er taumelte rückwärts und stieß gegen die Theke.

Im Türrahmen, von dünnen Nebelschleiern umhüllt, stand Bash Jones. Sein Gesicht war grau, mit dunklen Bartschatten. Der Mantel hing lose von seinen mächtigen Schultern herunter.

»Ich bin zurück, Amelia!« sagte er. »Diesmal für immer.«

Bash Jones trat in den Raum. Ein schwaches Lächeln glitt über das eckige Gesicht, als er Poiccart anblickte.

»Die Wahrheit«, sagte er ruhig. »Sie sind der einzige, der mir geglaubt hat, Poiccart.«

Henry Armstrong stand wie angewurzelt da. »Die Wahrheit«, stieß er hervor. »Poiccart? Was soll das?« Und dann überschlug sich seine Stimme. »Warum, zum Teufel, lebt dieser Verbrecher noch?« Er wandte sich Amelia zu. »Was geht hier vor?« brüllte er sie an. »Warum lebt er noch?«

Sie schüttelte den Kopf. »Ich weiß nicht«, flüsterte sie kraftlos. »Ich habe alles getan, was du von mir verlangt hast.«

Henry Armstrong fuhr herum. »Wer, zum Teufel, bist du, Lukas?« stieß er wütend hervor.

»Poiccart ist mein Name. Raymond Poiccart, vom Silbernen Dreieck. Nicht ich habe getan, was Sie wollten, Mr. Armstrong. Sie und Amelia, Sie haben getan, was ich wollte. Und das ist ein ganz kleiner Unterschied, nicht wahr, ein Unterschied, der Sie wahrscheinlich an den Galgen bringen wird.«

»Mich? Wieso? Poiccart, wer immer Sie auch sind, das schaffen Sie nicht. Ich habe nichts getan. Es gibt keine Beweise für . . .«

»Scotland Yard hat inzwischen Mr. Hughes, den Wärter im Gefängnis von Devizes, verhaftet, Mr. Armstrong«, unterbrach ihn Poiccart. »Und Mr. Hughes ist geständig. Er erzählte im Verhör, wie er James Curry dazu brachte, sich mit Bash Jones anzulegen. In Ihrem Auftrag, Mr. Armstrong, denn Sie wollten nicht, daß Bash Jones jemals aus dem Gefängnis kommt und herausfindet, daß seine eigene Tochter in einem Armenhaus aufwuchs, während das uneheliche Kind seiner Frau eine höhere Schule besucht.«

»Das ist nicht wahr!« stieß Amelia schrill hervor. »Bash Jones hat diesen James Curry umgebracht. Und das Geld, das wir für Grace ausgeben, stammt von den Einnahmen dieses Wirtshauses. Soll ich Ihnen erzählen, wie alles wirklich ist? Soll ich Ihnen sagen, wie es war für mich, als Jones ins Gefängnis mußte? Da stand ich mit meinem Kind, das zum Vater einen Mörder . . .« Sie brach plötzlich ab. Verzweifelt starrte sie in die ausdruckslosen Gesichter von Poiccart und Bash Jones. Sie sah Poiccart nun an, daß er ihr nicht glaubte. Er brauchte sich nicht einmal zu verstellen. Bash Jones war der einzige, der die ganze Wahrheit kannte.

Langsam senkte Amelia Jones den Kopf und schluchzte in ihre Hände hinein.

Henry Armstrong starrte Bash Jones an. »Wie kommt es, daß du verfluchter Teufel noch am Leben bist?« stieß er grimmig hervor.

»Weil kein Giftgas in der Flasche war, sondern nur harmloser Nebel, wie er vom Militär zur Einneblung benutzt wird«, erklärte Poiccart kalt. »Ich glaube, es wäre jetzt besser für Sie, wenn Sie mir die Hände entgegenstrecken würden. Ich habe hier ein paar äußerst stabile Handschellen.«

»Den Teufel werde ich . . .«, brüllte Henry Armstrong. Dann sprang er vor, stieß Poiccart mit dem Ellbogen zur Seite und jagte auf die Hintertür zu. »So leicht erwischt mich keiner!« rief er und stürzte in die Nacht hinaus. Draußen aber nahm ihn Inspektor Philander Dearborn in Empfang, zusammen mit einigen jungen Beamten Scotland Yards. Nachdem er Henry Armstrong die Handschellen umgelegt hatte, kam er in den Schankraum.

»Na«, sagte er zu Poiccart. »Wie haben wir das hingekriegt, mein Bester?«

»Ausgezeichnet«, sagte Poiccart lächelnd. »Vergessen Sie bei der Pressekonferenz nur nicht zu erwähnen, daß ich auch einen kleinen Beitrag zur Aufklärung des Falles geleistet habe.«

Dearborn lachte und ließ nun auch Amelia Jones festnehmen. Sie wehrte sich nicht. Sie hob nicht einmal den Kopf, als die Beamten sie an Poiccart vorbei hinausführten.

Dearborn blickte hinter ihr her. »Eine bemerkenswerte Frau«, sagte er und griff nach der Ginflasche, die auf der Theke stand. »Wissen Sie, Jones, die ganze Sache war eigentlich ein Hochseiltanz. Es hätte ebensogut alles schiefgehen können. Besonders die Angelegenheit im Gefängnis, als Ihnen Poiccart zur Flucht verhalf. Ich weiß jetzt noch nicht, wie ich diese Sache vor meinen Vorgesetzten verantworten soll. Es ist anzunehmen, daß man mir sogar ein Disziplinarverfahren anhängt.«

Bash Jones hob seine mächtigen Schultern. »Das ist Ihre Sorge, Dearborn«, sagte er. »Meine Sorge ist es, den Mitgefangenen klarzumachen, daß tatsächlich Hughes James Curry umgebracht hat.«

»Warum denn, Jones? Sie müssen nicht mehr nach Devizes zurück. In ein paar Monaten wären Sie sowieso entlassen worden. Jetzt wird man Sie begnadigen, und der Teufel weiß, ob ich mich darüber freuen soll oder nicht.«

Dearborn hob sein Glas und trank es auf einen Zug leer. Dann drückte er einen Daumen gegen die Nase und blies kräftig durch das andere Nasenloch. »Gin hilft immer«, sagte er, und ein breites Grinsen zog über sein Gesicht, als er endlich Luft kriegte.